山水之间一座城

青城山

都江堰

SHANSHUIZHIJIANYIZUOCHENG

何民/著

成都时代出版社
CHENGDU TIMES PRESS

图书在版编目（CIP）数据

山水之间一座城 / 何民著 . -- 成都 : 成都时代出版社，2019.10
ISBN 978-7-5464-2502-3

Ⅰ . ①山… Ⅱ . ①何… Ⅲ . ①散文集 – 中国 – 当代
Ⅳ . ① I267

中国版本图书馆 CIP 数据核字 (2019) 第 204287 号

山水之间一座城

SHANSHUI ZHIJIAN YIZUO CHENG

何民 著

出品人 李若锋
责任编辑 李卫平
责任校对 张 巧
装帧设计 上易堂 028-86089658
责任印制 李茜蕾

出版发行 成都时代出版社
电 话 （028）86742352（编辑部）
（028）86615250（发行部）
网 址 www.chengdusd.com
印 刷 成都博瑞印务有限公司
规 格 155mm × 230mm
印 张 15
字 数 190 千
版 次 2019 年 10 月第 1 版
印 次 2019 年 10 月第 1 次
书 号 ISBN 978-7-5464-2502-3
定 价 45.00 元

山水之间一个人

王国平

一

人生总有一些往事，让你永难忘却。

人生总有一些托付，让你无法拒绝。

二

比如我曾经的同事何民先生，从 1996 年至今，23 年的深情交往，长长短短，点点滴滴，犹在眼前，从不敢忘。

比如新近，何民要出一本人文地理随笔集，为一座城市记录往事，描摹风物，打捞历史……书成之后，嘱我作序。心中虽知此事千难万难，却也爽快答应，不能有辞。

三

说到何民这本书，就不能不提到都江堰。

自古以来，都江堰市就是一座移民城市。

远古蜀人沿岷江河谷顺江而下，在芒城落脚，刀耕火种，繁衍生息，创造了悠久的巴蜀文明。自此以后，秦灭巴蜀，迁秦民于此；李冰建堰，迁民工于此；历史上数次灾荒，迁灾民于此；及至张献忠剿四川，迁湖广民众于此；仅清代大规模移民入都江堰，就有六次；抗战时期，大批学校、工厂、科研机构和民众相继迁徙入川，都江堰成为最坚定之后方，更无论历代名流雅士来此游历寓居者不可胜举。

人们千辛万苦迁徙于此，有的人后来又扶老携幼远走他方，而另外一些人，他们把怀中紧抱的祖宗牌位和自己的姓氏轻轻放进新修的祠堂里，在这片土地上插上竹条树枝的同时，也把自己颠沛流离的双足植入了这片土地。

晚唐时期，何民的祖先，就这样在都江堰扎下了根。

四

何民多次踏勘故地，反复考证史乘，其先祖何氏最早入川定居青城，有史可考的是晚唐名臣何瓒之子何柔。

何瓒祖籍福建，唐末进士，天成三年（928 年），明宗任命何瓒为西川节度副使，何瓒受命举家从京城洛阳前往成都赴任。不料时任成都尹兼剑南西川节度副使、行使节度使职权的孟知祥已经坐大，欲图谋四川，百般阻挠何瓒任职，并另奏朝廷任何瓒为行军司马。

公元 934 年，孟知祥在成都称帝，史称“后蜀”，随后大肆剪除异己，作为明宗亲信的何瓒，自然在被清除之列。次年，罢官后的何瓒“饮恨而卒”。何瓒之子何柔因害怕遭到孟知祥的迫害，举家迁往青城山，隐居山野，以避其祸。

由此，何柔成了“青城何氏”一脉之始祖。何氏后人隐居青城，诗礼待人，耕读传家……转眼已逾千年。

何柔之后历经五世，传至何敏之后，名气日盛，何氏门中人才辈出，九世祖何子方于宋绍兴二十四年（1154 年）举进士，与范成大、杨万里为同科进士。范成大曾在《吴船录》里记载，宋淳熙四年（1177 年）六月初七，范成大游历青城县，时任雅州太守的何子方前来相陪，故人重逢，分外欢喜，范成大在游览后做诗《何同年书院》云：“竹色侵晚帙，泉声漱嵌根。试通丹灶路，应到老人村。”又有《青城县何子方同年园池》诗云：“桤塍芋垄意中行，浩荡熏风不计程。雨脚背人归玉垒，江声随马入青城。五桥今日新知路，千佛当年旧缀名。水竹光中同一笑，丐君荷露濯尘缨。”据民国《灌县志》载，宋代青城何氏还有何涣、何居口、何麒、何耆仲、何致等多人，皆以文章知名于当时。

时光流转，岁月荏苒，何氏文脉连绵不断。及至当代，何民之父何正太先生亦本邑饱学之士，经他勘订的《松游小唱校注》至今仍是研究《松游小唱》的权威文本。

五

对一座城市来说，一个家族能在此繁衍生息数百年者少之又少，而何氏一脉却已在都江堰历经了千年时光。

太平花开了又谢，青城月圆了又缺。

他们在此，不仅亲历了一个家族的子嗣繁衍和苦难辉煌，亦见证了这座城市的岁月更迭与风物变迁。

细细数来，何氏一族居此已有 1084 年。

或许，他们是这座城市最长久的守望者。

因此，对于梳理这座城市的历史与文化，何民是有发言权的。他所著《山水之间一座城》堪称何氏家族一千多年来，对这座城市抚今追昔的一次深情回眸与辽远展望。

六

1996 年 7 月，我中专毕业，背着铺盖，由绵入灌，像一千多年前的何氏先祖一样，成了一名新都江堰人。

20 世纪 90 年代，我所在的四川都江机械厂（简称“都机厂”），是一个很有文艺范儿的企业，文化氛围很好，每年都要举办各种书画比赛、摄影比赛、棋类比赛、篮球比赛、演讲比赛、文艺会演等。

刚进厂时，听说宣教处办了张厂报《都机内外》，于是麻起胆子去投稿。在办公室遇见了处长何天祥，何处长待人热忱，见我工作之余还愿意写作，很开心，说了许多鼓励之词，最后语重心长地说：“国平，好好干，写东西也会写出名堂来的。我们厂的何民，以前当锻工时就开始写诗，工作写作两不误，而且人家还出过一本诗集，在都江堰文学圈子里名气大得很，现在都已经是厂办公室主任了；工会主任刘顺良的东西也写得好，这么多老师，你要向他们学习。”

这是我第一次听到何民的名字。

七

初到都机厂时，生活相对闭塞，所见文学报刊也少，后来去了厂图书馆几次后，才知道文学天地竟然如此宽广。

但是，进厂好几个月了，我却一直都没有机会认识何民。可能很多人都觉得，文友之间，抱一堆作品就可相认，那是理想主义的相见。我素来内向，加之厂办主任又是一个要职，我可不敢主动上门相认，害怕遭了冷落，自讨没趣。

某日，办公室电话通知，霜木主编的《方圆世界》发了我两篇散文诗，让我去拿样刊。要知道，那个时候，能在报刊上发表作品是件多么提劲的事，哪怕是汽车行业协会的报刊。这么多年过去了，我还清楚地记得那个叫霜木的编辑，本名林万雄，据说也是一位工人作家。

在厂办公室里，我见到了传说中的何民。

何民平易近人、儒雅稳重，脸上挂着四季如春的微笑，一点也没有我想象中办公室主任的架子，让人顿生亲近之意。看着我手忙脚乱地翻着样刊，他靠在椅子上，不疾不徐地说："不错！我以前也爱写东西，可惜现在不咋写了。"他语带忧伤，目光迷离，仿佛又回到了那个尚未远去的时代。

20世纪70年代末到80年代初，都江堰的文学创作异常活跃，老作家陈道谟和许伽已经"归来"，正在筹备玉垒诗社。受这股文学春风的影响，何民就和厂里的几位文学青年头脑发热了，凑在一起商量着也要办一本文学刊物，让大家的作品有一个发表和交流的阵地。但是油印机、纸张、油墨等材料从何而来？当时大家都是穷工人，自掏腰包显然行不通，于是已在厂办工作的何民便借着和厂领导说话方便的机会，把想法讲给领导听了。刘顺良、何天祥、胡兰等几位好友分别在厂政治处、工会、团委工作，大家一拍即合，一起向厂部建言创办一份职工文学刊物。巧的是当时上面正在号召振兴中华全民读书，于是厂工会、团委便成立了一个"都江机械厂振兴中华读书小组"，以此名义编印工厂职工文学刊物，一切材料费用由厂里负责。大家一听，浑身来劲。组稿、编稿、刻钢板、校对、油印、装订……1983年的10月，都机厂职工文学刊物《热风》正式创刊。

何民动情地说："出刊那天，大家手捧着散发着油墨清香的《热风》，心头那个乐啊，就像自己老婆生了个大胖小子一样开心与兴奋。一晃都十多年了……"

临走时，他说："五车间有个吴先明，也在写东西。"

八

何民至今珍藏着一套《萤》诗刊，并且多次放出话来："借钱可以，要想借这套《萤》诗刊，说破天都不得行！”

后来，我才从马及时、廖永德、吴先明那里得知，何民不仅在厂里参与创办了《热风》，而且还是《萤》诗刊的创始人之一。

说起灌县（现都江堰市）的《萤》诗刊，那可是比《热风》名气大多了的刊物。20 世纪 70 年代末，文学的春天来临，很多单位也雨后春笋般地冒出了一批文学爱好者。比如都机厂有个“都机帮”，主要成员有何民、钟培根、吴先明、胡茂林、廖永德、李伟、余昌一、刘顺良、何天祥；轻机厂有个“轻机帮”，主要成员有马贵毅、马瑛、谢心明、田世松、李静芬等；林机厂有个“林机帮”，主要成员有汪骥、王宗俊、安南、谢家法、罗家松等；还有建筑公司的马及时、白果小学的黎民泰、灌中的李永庚、回收公司的汪浩、木机厂的谭全绪、水电十局的崔涤尘、宁江厂的马明林、印刷厂的王泰安、供电局的文洁等。他们怀揣文学梦想，总想为诗歌做点事。

1976 年，李永庚、何民、谢心明、谢家发、马及时、汪犁、马贵毅、闵国本等一批诗歌作者在灌县文化馆的支持下，成立了“灌县业余诗歌创作研究小组”，灌县诗歌开始萌芽。1980 年，中国第一份有正式名称和正式依附单位的民间诗社——萤诗社——成立，李永庚任社长，何民任副社长。不久，《萤》诗刊创办，杨然、雨田等一大批国内外诗人纷纷向刊物投稿。

有一次茶聚，谈起往事，马及时激动地说：“《萤》诗刊影响大哦，在灌县，甚至川内都掀起一股不小的浪子，好多名家都投了稿，连地区的《都江文艺》、成都的《星星》、新疆的《绿风》都先后转载了《萤》诗刊上的作品。那个时候，我们事情做得少，何民是副社长，最忙，说起诗歌，都跟到打了鸡血一样，忙前忙后，腰杆上都是劲儿。”

然后，马及时抿了一口水，阴区区地笑了一下，说：“有一段时间，为了诗歌，何民连他最漂亮的老婆小兰都莫得时间管，唉！不晓得在屋头偷偷道了好多回歉哦？”

九

马及时曾为何民命名“阳光男孩”，说的是他性格阳光、脾气温柔、谦逊低调、乐于助人，是不折不扣的暖男。

而且是已经默默无闻地温暖了文坛几十年的资深暖男。

40 多年来，但凡都江堰文学界大大小小的活动，在联系会场、通知会议、安排伙食、搬酒泡茶、打扫卫生的人群里，总能看到他矫健的身影。有些时候，朋友聚会，大家才开始吃饭，他已经悄悄地把单买了。亲友家里有了喜事，他总是积极张罗；亲友生病住院了，他总是组织看望；甚至朋友亲人去世，他也会第一时间赶到现场，顶着一头德高望重的白头发，操着一口音色洪亮的河西话，井然有序地安排与指挥。

黎民泰总是羡慕地说：“何民的身体太好了！”我不以为然。我觉得何民之所以能成为普照人间的“阳光男孩”，除了身体好之外，还因为他有一颗对文学无比热爱的赤忱之心。

十

不唯如此，何民还是都江堰闻名遐迩的“四好男人”。在厂里，他是“好同志”，在家里，他是“好丈夫”，在诗坛，他是“好诗人”，在生活中，他是“好兄长”。

何民的“四好”，永远被模仿，从未被超越。

就连我很敬重的汪浩先生，也只能望“何”兴叹，自感不如，他经常半带恨意半带服气地说：“要是让我跟其他人比，我哪个都不怕，唯独比不赢何民，这个是老实话。”

十一

对我等小字辈，何民更是关爱有加。

才参加工作时，我相当内向，排名在李冰石像和马及时之后，位居第三。每有文学活动，何民总不忘把我喊起，逢人就隆重介绍："这个小伙子不错哦，你们要多关心他。"

20 世纪末，电脑还未普及，都机厂最好的两台 486 电脑放在厂办打字室。当时，我在五车间开铣床，一有空闲，就往打字室跑。很多车间的同事都以为我是去欣赏打字的两位美女，其实，只有何民才知道，我是去蹭电脑写诗。

蹭电脑久了，就有人不高兴了，找办公室主任何民打小报告。何民每次听了，总是笑笑："等他用嘛，又不咋子。"

真的要感谢在厂办蹭电脑的日子，那是我创作最为勤奋的时期。我每周在《成都商报》《商务早报》《蜀报》《华西都市报》《四川广播电视报》《蓉城周报》等报纸开设一期专栏，写市民喜闻乐见的市井散文，"李扯火系列""陈到底系列""灌县宝贝系列"在成都广大市民中产生了广泛影响，不菲的稿费也极大地改善了我的生活。最重要的是，组诗《都江堰》在厂办电脑上写就后，我寄给了《四川文学》，不久即在 2001 年第 5 期上发表，随后，荣获第六届金芙蓉文学奖，这对我来说，是个非常重要的鼓励和人生转折点。

有一天，我从收发室领了一沓稿费单出来，碰见何民，他高兴地说："安逸哦，又有票儿进账了！写东西该是对嘛。"

当我写下这段文字时，内心无比感慨。

那段时光才是真正的苦乐年华。

十二

某天晚上，我与廖永德、何民、马及时等在二技校河边喝夜茶。何民对马及时说：“国平在都机厂上班莫得啥子意思，你们报社以后万一要人，你就帮到推荐一下嘛。”马及时狠喝了一口茶，连声答应：“只要有机会，肯定推荐。”

马及时时任《都江堰报》新闻部副主任，虽无大权，但是因业务能力强，文章硬火，他的意见与建议报社领导都很重视。何民与马及时是毛根朋友，关系极好，可以敞说。我则不一样，一来与马及时不熟，二来当时文笔稚嫩，只能当一个故事听听罢了。真的是“说者有心，听者无意”。

谁知不久后的一天，何民突然跑到五车间我的铣床前，兴冲冲地递过来一张《都江堰报》，说上面有则启事，正在招人。然而，刚看到招聘条件第一条，我的心头就遭浇了一盆冷水：应聘者需持有本科以上学历。我只是一名中专生，不要说本科学历，连专科文凭都没有，我很纠结。何民走的时候甩了一句话：“不管得不得行，去告（试）一下嘛。”

后来我如愿进入报社，加盟特刊部，开启了另一段人生之旅。虽然只是报社的一个临聘人员，但我依然珍惜这来之不易的机会。白天，我在报社当记者，采访生态文化旅游新闻，下午 4 点到晚上 10 点，在都机厂五车间倒班铣“羊角”，深夜再撰写采访稿，虽然累得要命，做的却是自己喜欢的事。

有一天，都机厂的一把手朱厂长突然找到我，说我在车间开铣床，浪费了人才，要调我当技术员。而此时，我正在报社干得风生水起，根本不想更换岗位。没有办法，我只得找到何民，向他说明了情况，何民毫不犹豫地说：“你就像现在这样上班，我去给朱老板儿说一下就对了。”

十三

不知不觉间，写东西的一批朋友都开始慢慢变老了。

汪浩即将过八十岁生日，马及时也 73 岁了，邱岗也退休四年了，连以前精杠杠的黎民泰都很不甘心地说："你莫说，过了 50 岁，这个身体硬是没法跟以前比了。"

十四

但何民却老当益壮。头发白得赛雪，身体好得像铁。

有一个怪现象，好多人退休后难以适应新生活，非常失落，甚至郁郁寡欢，何民却是个例外。从公司副总岗退休之后，他反倒是脱掉了一件厚厚的衣服，重新上路，在文学春风的吹拂下，焕发了人生的第二春。这个 20 世纪 80 年代就在《中国青年报》《中国法制文学》《青年作家》《四川文学》《大众文艺》发表作品的作家重新回到了作协的队伍，再次拿起了笔，开始用他超过 60 分贝的声音歌唱崭新的时代和火热的生活。

十五

2017 年，何民的《川西手艺人》出版，引起不俗反响。

而这本书则来源于他丰满的生活。他从小生活在都江堰，接触各式各样的手艺人，他历时两年，以人物为载体，通过人物和故事将川西的民情风俗展现给读者，为活跃在四川西部特别是都江堰的农村和乡镇，在各行各业有一技之长的如木匠、石匠、泥水匠、铁匠、篾匠、打更匠等匠人画像。

该书出版后，《成都商报》曾经整版推介，被誉为中国民间手艺人的传奇缩影。在城市化步伐加快的今天，该书指引着读者重新去体味那些离我们渐行渐远的乡土人情、民风民俗，追忆那些回不去的岁月与乡愁。

但何民还觉得自己所做远远不够。

他认为，这座城市赐予了他太多太多，山水、街道、家庭，甚至鸟木虫鱼，他必须用文字、用情感为这座城市存档，向世人展示它的自然之美、岁月之美、文化之美和人性之美。

于是，便有了我们手中的这本书。

十六

——山水之间一座城。

而每座城市的历史，都是人创造的。

因此，当何民为这座城市歌唱与赞美时，我用以上的文字向他致敬，向这座城市的每一位见证者和建设者致敬。

王国平 (1976—)：四川江油人。著有非虚构作品《现在的我们——“5·12”大地震幸存者口述》《南怀瑾的最后100天》《灵岩山传》，诗集《挽歌与颂辞》《琴歌》等，作品曾入选多种选本、《语文》教材、高考《语文》试卷，及“5·12”大地震诗歌纪念墙。策划发起中国田园诗歌节，参与创办大型诗刊《芙蓉锦江》。作品曾获四川省“五个一工程”奖、四川文学奖、四川省人民政府社科奖、金芙蓉文学奖等。现居四川都江堰，系中国作家协会会员、中国诗歌学会理事、四川省作协全委会委员、四川省诗歌学会副会长、四川省李冰研究会副会长、成都市作协副主席、成都时代职工文学创作院院长、都江堰市作协名誉主席。

目录

第一辑　古城探秘

第二辑　地名龙门阵

第三辑　青城老人村寻踪

第四辑　人物春秋

第一辑·古城探秘

灌县古城的几个神秘之处

近日翻阅史籍，看到都江堰市档案馆藏的一幅老灌县古城的地图《县治图》，越看越觉得很有意思。又找了一幅现在的《灌县古城区游览图》对比观看，揣摸了许久，发现老灌县古城有许多让人不解的地方，或者称之为神秘之处。于是又到这个古城的大街小巷仔细地走了一遍，并沿着老城墙的线路走了一圈，回来又翻看史籍、查阅资料，写成《灌县古城的几个神秘之处》，与有兴趣的朋友们一起探讨。

灌县现在叫都江堰市，灌县的古城是现在都江堰市区的一部分，已开辟为都江堰景区的古城景区，其范围基本上是按老灌县的城郭为界。

灌县古城的城郭为什么是圆形的

从《县治图》上看，老灌县的古城城郭是圆的。灌县古城的城墙在都江堰周边围成了一个圆形，从东门左起向南，沿内江至南门，再由南门顺江边山势蜿蜒而上至西门，过西门沿山势转向北至北门，再由北门一弯到东门交合。中国传统讲究“天圆地方”，古时全国的县城格局一般都筑成四方形，而灌县县城却是不规则的圆形，且半山半坝，这在全国的古城格局中颇为少见。为什么不在平坝筑一个四方城呢？有人说，灌县的青城山是道教发祥地之一，而道教的太极就是圆形，故县城就筑成圆形了。还有人说，灌县之“灌”与“罐”谐音，罐为圆形，因而将城筑为圆形。这些都是牵强附会之说。

笔者认为，老灌县古城之所以是圆形的，是和修建都江堰有关。应该说，因为修都江堰才有了后来的灌县古城，灌县县城就是为建都江堰和维修都江堰而逐渐发展形成的。可以想象，古时的交通十分不便，修建和维修都江堰的人员、物资只能尽可能地靠近都江堰，久而久之，在都江堰旁边就形成了一个人员、物资的集中地，进而发展成城。

据史料载：唐宋时期，邑人以巨木植于城周，形成栅栏，这便是古城的雏形。宋代元祐年间（1086—1094 年），百姓环城密植杨柳数十万株，形成杨柳树屏障以护城池。此时古城区域大致为今内江以北、杨柳河以西、北街与外北街口以南、玉垒山以东的范围，古城基本定型。至明代弘治年间（1488—1505 年），知县胡光筑土砌石成墙，高一丈六尺，周八里，计一千四百四十丈，城墙东、南、西、北分别设宣化、导江、宣威、镇安四门，奠定县城格局。

由此观之，灌县古城所形成半山半坝的不规则圆形格局，是和都江堰的修建和维修密不可分的。有兴趣的朋友可以前去考察。

灌县古城为什么是九道城门

中国古时县城一般规模不大，基本上都是按方位设东南西北四门。灌县古城以前也是按四门设置，东门为宣化门，南门为导江门，西门为宣威门，北门为镇安门。东门取“宣化”之名，有

宣传教化民众之意；南门临内江而建，取名“导江门”，有疏导江流之意；西门建在玉垒山上，山背后是藏羌民族地区，取名“宣威门”，有宣扬朝廷威势之意；北门取名“镇安门”，有安定、平安之意。后来灌县古城城门增多，据说一度曾达到九个门，在东南西北四门之外又增设新东门、新南门、新西门，另有观风楼和玉垒关。

对照老灌县古城《县治图》看，新东门应该在今建设路五桂桥街口附近；新南门应该在“三柏洞”附近；新西门在文庙山上俗名“鬼闸子”的地方；玉垒关据城西，现在还在；观风楼处城东，已不复存在。在封建社会，数字“九”为大为尊，皇帝老儿住的北京城就建有九个城门，设置“九门提督”一职，一般小小县城是不敢设置九门的，那样就有僭越之嫌，是要被杀头的。由此可见，最后形成九个城门应该是在民国之时。

老灌县为何要在四门之外另修几座城门？这九座城门各有什么含义呢？先说玉垒关。玉垒关以前叫“镇夷关”，那是封建社会朝廷为防范少数民族而设置的。夷，是封建朝廷对外族和少数民族的称呼。镇夷，当然是为了防御和镇压少数民族。老灌县是成都乃至整个川西通往藏羌的门户，有“川西锁钥”之称，而西街和西门则是通往康藏地区的茶马古道的第一关口，位置十分重要。为加强防御，故修建了镇夷关。因关名有歧视少数民族的含义，故后改名为“玉垒关”。观凤楼地址在今都江堰市城东李冰父子塑像附近。说观凤楼为一门，有点勉强，此门设置，倒有点像老百姓庭院前面的龙门子，平时为接待上级官员的前站，战时为防御的前哨。据说辛亥革命时灌县保路同志军就在观凤楼一带据守，阻击过清军的进攻。（关于观凤楼，本书另有专文记述，此不赘述）至于新东门、新南门、新西门，据老一辈人讲，抗战时期，日军飞机时常飞到成都轰炸，也曾飞到灌县试图轰炸都江堰，达到破坏四川农业生产和经济的目的。战时政府为了能在敌机轰炸时紧急疏散群众，故新开了几道城门。

灌县古城为什么没有十字街口

古时一般县城多为方形四门，与四门相通的南北向大街和东西向大街在城中交叉，形成十字街口，这里便是一城之中心。无论城中有多少大街小巷，十字街口都是城中最热闹和繁华的地方。有的城池中还有大大小小若干十字路口。走进灌县古城，你会发现老灌县的古城居然没有十字街口，且大街小巷全部是相连而不相交，形成错落，这在全国的县城街道布局中恐怕都是罕见的。

从东门宣化门进入灌县古城，是一条主街，街名东街，以前又叫东正街，现在叫幸福路。东街贯通全城，按常规，街的另一端当是西门，若是有南北向的大街与此交叉，形成十字街口，那么十字街口往西方向就应该是西街，往北方向就应该是北街了。但是在灌县却不然，东街尽头直抵玉垒山脚，并无西街。东街尽头往南一拐，是南街。南街直达南门，出南门便是灌县古城有名的南桥了。那么西街又在哪里呢？令人不解的是，西街竟然修在南街尽头的南门城墙根下，顺古城墙往西，是一条宽约十多米的类似巷子的小街。东街、南街、西街，相连而不交叉。

北方人方向感强，指路大都以东南西北指引，故时有北方游客在灌县古城问路：请问西街在哪里？答曰：西街在南桥，并用手往南方指。问西指南，让方向感极强的北方问路人感到匪夷所思，以为都江堰人幽默。

以前在成都有一个流传甚广的段子，说有外地人到成都问路，成都人爱说“抵拢倒拐”，往往让问路人丈二和尚摸不着头脑。在都江堰古城区，许多街道真的是要“抵拢倒拐”。如从东街一直往西走，抵拢玉垒山脚，倒拐往南是南街，南街抵拢往西是西街。

北街就更让人费解了，既不与南街相接，也不与东街相交。在东西向的书院街和瑞莲街口至北门约二百米长的一条短街，就是北街。

将灌县古城的街道示意图竖起来看，就会发现：灌县古城的街道其实不少，在主街东街北侧，大大小小有十余条街巷，主要有文庙街、井福街、书院街、瑞莲街、大观街、杨柳河街、曾家巷等，这些街道一个共同的特点就是相连而不相交，相连之处不是倒个拐就是拐个弯，没有十字路口。

再仔细看，这些街道错落有致，以东街为主轴，仿佛就是一个不规则造型的书架或博古架，这是为什么呢？

灌县古城为什么没有十字街口？这个谜留给游客到古城自己去找吧。

观凤楼，老灌县的龙门子

老灌县东门外有一处灌县人耳熟能详的地方，叫观凤楼。虽然观凤楼消失已经几十年了，但至今提到太平街靠近一环路交叉路口一带，人们还习惯称之为观凤楼。

观凤楼始建于明朝万历六年（1578 年），由时任灌县知事罗树声主持修建，距今已有四百多年的历史了。观凤楼横跨太平街而建，为城门楼式建筑，三层砖木结构。从现存图片看，观凤楼廊檐重叠，高踞云端，飞檐凌空，气势恢宏，是非常壮观的古典建筑。

罗树声为什么要在灌县东门外修建一座跨街门楼？据说是因为都江堰时有洪水泛滥，是因风水所致，故要在东门外修一座龙门子以镇风水。

听老人们说，这观凤楼刚修建时不叫观凤楼，叫“关风楼”，是老灌县的龙门子。

为什么叫关风楼？为什么又说它是老灌县的龙门子？这就要从古代建筑的风水谈起了。

熟悉四川乡村民居的人都知道，以前大户人家大都要在宅院大门前面修一个龙门子。这龙门子独立于宅院大门之外，有柱有壁有屋顶，还有一个大门，既不为关拦，也不为进出，为的就是一个风水。风水讲究导气，《水龙经》中就有“直来直去损人丁”

之说，气不能直冲厅堂，否则就会有“穿堂风”穿堂而过，多有不吉。修了龙门子，就可以对宅院进行遮蔽，使直冲之气迂回，既保持了气畅，又避免了直冲。城里高门大宅限于地方，则一般都要修建照壁或影壁，照壁修在门外，影壁修在门内，作用和龙门子差不多，既避气冲，又防外界一眼洞穿。龙门子在大宅院的配套建筑中实际是个闲置的建筑物，故在农闲时，就有人聚集在龙门子中聊天，久之，这种吹牛聊天的方式就被称为“龙门阵”。

观风楼是灌县的龙门子，它就是一座风水建筑物。

灌县县城地处成都平原西部，背后是拔地而起的崇山峻岭，群山护卫，而前面则是一马平川，坦荡无余，从风水上讲有“气冲”之虞。明嘉靖年间（1522—1566 年），都江堰发生百年不遇的特大洪水，鱼嘴前端重达万斤之巨的铁龟也被洪水冲得无影无踪。知县罗树声认为灌县城在风水上存在问题，于是便主持在东门外太平街修建了这座跨街门楼式建筑，取名“关风楼”。关风者，以避风气直冲。

时灌县到成都府，出东门过蒲柏桥经太平街是必经之路，跨街建门楼一座，扼灌县东出要津，避风头，镇邪气，以求灌县都江堰风平浪静、水旱从人。

“观风楼”后来改名为“观凤楼”，说法颇多，主要的说法是灌县城南有凤凰山，城西有凤栖窝，登楼而观凤，是为祥瑞。古时龙凤皆为祥瑞之物，改为观凤楼，名称好听，字面吉祥。

至清道光年间（1821—1850 年），观凤楼再度更名，取名“建福楼”，据说是取自《河图括地象》“岷山之精，上为井络，帝以会昌，神以建福”。其实早在宋代青城山山门就建有道观，取名“建福宫”，将观凤楼改名建福楼，似有河西建福宫、河东建福楼，东西呼应之义。观凤楼改为建福楼时，曾进行了大规模扩建，高门大楼，门楼上悬挂“雄峙都江”四个金碧辉煌的大字，远远望去，老灌县这个的龙门子十分壮观。后随时间推移，年久失修，最后坍塌了。清末重修，仍取名观凤楼。

观凤楼初建时，实为灌县古城之风水而建，但在建成之后，实际成了灌县的第一道城门，对加强和巩固灌县的城防起到了不可小觑的作用。和平时期，观凤楼是灌县迎来送往的第一站；战争时期，观凤楼则是灌县城防的第一道关口。1911 年，灌县同志军起义，参加推翻清廷的武装斗争，就以观凤楼作为据点，和进攻灌县的清军展开了殊死战斗。1950 年，川西暴发“2·5”叛乱，土匪武装攻打灌县县城，被挡在观凤楼外，守城解放军和武装工作队凭借观凤楼多次击败土匪进攻。土匪武装久攻不下，怒而放火焚烧观凤楼。经此一战，观凤楼再遭重创。

成都解放后，随着灌县城市的发展，老灌县城墙逐渐拆除，观凤楼也走完了它几百年的历史，结束了作为灌县龙门子的使命。

如今观凤楼旧址已经发展成为都江堰市繁忙的城市中心，老灌县人每每谈到观凤楼，心中总有那么一点点思念。“5·12”汶川地震后，政府在邻近观凤楼旧址的江安河上修建了一座双层楼门的仿古廊桥“观凤桥”，不仅给繁华的都江堰市区增添了一处景点，更给老灌县留下了一段历史的记忆。

贵妃故里导江县

聚源古镇

今年初春，偕友人寻访贵妃故里，即唐时导江县，今四川都江堰市聚源镇。

都江堰东出第一镇聚源镇是一个富庶而又繁荣的古镇，扼成都至都江堰之咽喉，国道213线、成灌高速和成灌高铁均穿过聚源镇而抵达都江堰，是都江堰名副其实的门户。

“聚源”之名，最早见于清道光年间（1821—1850年）的“聚源义学”，清朝咸丰年间（1851—1861年），才作为行政区划地名使用。取“聚源”之名，有汇聚江源之意。都江堰江水自“宝瓶口”出，往东、南、北三个方向成伞状流向川西平原，经聚源流向成都方向是主要方向，从成都看聚源，自然有汇聚江源之意。这和历史上这里曾经叫“导江”之名是一个意思。

聚源作为都江堰的一个古镇，其历史非常久远，且这里作为县治治所，前后历时九百多年，这在川西的古镇中是不多见的。三国蜀汉初即在此设置都安县，唐朝时先后改设盘龙县、灌宁县、导江县，辖地多有变化，而县治治所都在此处。其中导江县尤其为史学家和文学家所关注，主要原因有二：一是唐时导江县富甲一方，名播巴蜀；二是导江县的杨家院子出了个大美人杨贵妃，倾城倾国，扬名千年。

贵妃遗迹落妃池

在聚源镇迎祥村附近有一个占地约两亩的池塘，池呈圆形，池中水清草碧，有鱼儿来回游戏；周围是肥沃的农田，麦苗青青，油菜嫩绿，星星点点的菜花吐露金黄。池边林木青翠葱茏，景色秀美。这就是传说中的“落妃池”。相传杨贵妃幼时喜爱在池边玩耍，不慎落入此池中，于是这个小池在杨贵妃成名后被乡邻称为“落妃池”（又名“贵妃池”）。

明代著名文学家杨升庵游都江堰、青城山路过此地，触景生情，写下《玉环池》，咏叹此事，诗云：“妃子池莲玉女房，温柔元近白云乡。光涵色界三千顷，润及华清第一汤。沃雪已消骊岭火，凝脂应华马嵬香。不知见月行宫夜，曾梦芳魂此水旁。”诗人在联想到这个落入池中的小姑娘后来在华清池与玄宗温汤沐浴，“春寒赐浴华清池，温泉水滑洗凝脂。侍儿扶起娇无力，始是新承恩泽时”时，感觉似乎早有征兆了，先有“落妃池”，后有“华清池”，触景生情，故写下《玉环池》一诗。

“落妃池”旁边是“梳妆台”，又名“梳妆楼”，相传为杨贵妃出阁前的梳妆处，现仍存土台遗址。“梳妆台”若能恢复旧貌，与“落妃池”呼应，当为贵妃故里一亮点。

“梳妆台”附近即为杨家宅院，当为杨贵妃之父、时任四川蜀州司户参军杨玄琰的住宅，杨贵妃就出生在此杨家宅院中。据民俗专家考证，杨家宅院遗址即今都江堰市聚源镇迎祥村杨家大院子。

杨家宅院与为有名的川西丛林“迎祥寺”相邻，杨家宅院和

“迎祥寺”皆有残碑可考，有待游人和专家的研究。

贵妃故里，唐时导江县，今都江堰聚源镇，至今还流传有许多关于杨贵妃的传说和故事，本土民间文学作家兰志尧先生经收集整理，写成《杨贵妃风流导江》一书，可资一览。

贵妃出生地

到过都江堰聚源镇贵妃故里的游人，在参观过“落妃池”“梳妆台”、杨家宅院、迎祥寺等遗址后，对杨贵妃的出生地是没有异议的。但是史学界关于杨贵妃的出生，仍是众说纷纭：有的说是出生在四川导江县（今四川都江堰市聚源镇），是四川人；有的说是出生在广西容州，是广西人；又有的说是出生于山西永济，是山西人；还有的说是出生在陕西华阴，是陕西人。众说纷纭，莫衷一是，搞得游人一头雾水。有必要仔细梳理史料，说个明白。

根据史料，比较准确的说法是：杨贵妃是唐时四川导江县人。

据史料载，杨贵妃祖籍弘农，其祖辈杨令本曾出任四川维州（今四川汶川县）太守，在维州守城之役中殉职，被朝廷褒奖，葬于导江县杨氏墓地。杨贵妃的父亲杨玄琰，早年在四川任蜀州（今四川崇州市）司户参军，其母随夫入籍导江，在导江生下杨玉环。

杨贵妃出生之谜随着专家学者的不断研究考证，已渐渐解开。《灌县志》及本地文史专家王纯伍先生编著《青城山志》、作家李永庚先生著《杨贵妃考》、兰志尧先生著《导江县志》等史料，均一致认为杨贵妃出生在四川导江县。

明嘉靖时期（1522—1566 年）陈节所撰《迎祥寺碑》文载：“妃父玄琰，为蜀州司户，妃生于蜀。”

中央民族大学副教授蒙曼老师在央视的《百家讲坛》上讲“唐

玄宗与杨贵妃”，也认为杨贵妃出生于四川，称其为“川妹子”。

由此观之，杨贵妃出生在蜀地无疑，地点就是导江县。

贵妃和导江县

杨贵妃出生于导江县，导江县究竟在哪里呢？答案是在今天四川省都江堰市聚源镇一带，治所在今都江堰市聚源镇迎祥寺附近。

“导江”二字最早见于《尚书·禹贡》：“岷山导江，东别为沱。”

而导江设县治大约始于公元 265 年，据《灌县志》记载：“都安故城，在县东 20 里今聚源乡导江村境”，就是今天的都江堰市聚源镇导江村。

都江堰市聚源镇在历史上作为古导江县（包括导江县前身古盘龙县、都安县、灌宁县）治所有 960 余年的历史。

历史上，导江县就是成都平原的粮仓，更是通达都江堰和藏羌地区的交通要道，地理位置非常重要。

据民间文学作家兰志尧先生考证，在唐代，导江作为县治所在地，经济发达，商贸繁荣，城内东西南北四条大街宽敞，商号毗连，会所众多。城内有导江园，园中有导江池、导江楼，导江池水连导江，水域面积有几百亩。登楼远望，西眺千山万壑，东望平畴千里。是时，蜀中更是号称“天府之国”，兼有山川形胜，一时成为文人雅士集聚之地。

杨贵妃祖上杨令本立有战功，死后葬于导江县，朝廷念其忠勇，迁杨令本后人入籍导江为其守墓，杨家后人得以在此繁衍，一代美人杨玉环方在此降生。

导江县遗址，即今天都江堰聚源镇，是为贵妃出生之地。有资料记载杨玄琰为蜀州司户参军时，杨夫人在导江县杨家院子生下杨贵妃。杨贵妃小时候在池边玩耍，曾不慎落入池中。“落妃池”遗址至今仍在。

贵妃生平

杨贵妃幼时生活在导江县，她是如何从一个蜀地女子成为大唐皇帝唐玄宗的宠妃的呢？这里不能不简要介绍一下杨贵妃的生平。

史书上说，杨贵妃的父亲杨玄琰，是蜀州（四川崇州）司户参军。杨玉环的童年是在四川度过的，12岁时，其父去世。父亲去世后，她被寄养在叔父杨玄璬家。叔父杨玄璬曾任河南府士曹参军，后来又迁往永乐（山西永济）。

唐玄宗的女儿咸阳公主举行婚礼，杨玉环也应邀参加。咸阳公主之胞弟寿王李瑁（唐玄宗第十八子）对杨玉环一见钟情，唐玄宗在武惠妃的要求下当年就下诏册立她为寿王妃。

寿王李瑁和寿王妃杨玉环婚后本来生活幸福甜蜜，有一次宦官高力士把杨贵妃带入温泉宫，碰见了玄宗。唐玄宗见杨玉环倾城倾国，欲占为己有，但又碍于翁媳关系，有悖常伦，于是下诏将寿王妃度为“女道士”，赐号“太真”，并在皇宫内建“太真观”一座，用于杨玉环修行。经过一番暗度陈仓，于天宝四年（745年）册封杨玉环为贵妃，和杨玉环名正言顺地做起了夫妻。时玄宗年六十一，贵妃年二十七。

杨贵妃自幼通晓音律，能歌善舞，还能作诗。所作《赠张云容舞》云：“罗袖动香香不已，红蕖枭枭秋烟里。轻云岭上乍摇风，嫩柳池边初拂水。”（此诗现收录于《全唐诗》）唐玄宗更是梨园高手，精通音律，喜欢玩各种乐器。有了杨贵妃后，二人日日唱和，游戏欢乐，把朝政丢到了一边。

杨贵妃备受宠幸，其家族因此繁盛，很多人都获授官爵或赏赐：其大姐被封为韩国夫人，三姐被封为虢国夫人，八姐被封为秦国夫人。其堂兄杨国忠为人好赌，但也封官入朝、把持朝政。唐玄宗此后愈加沉溺于酒色，政治上更加腐败。杨氏家族飞扬跋扈、胡作非为，朝野均对他们充满了怨恨。

天宝十四年（755 年），安禄山以反杨国忠为名起兵叛乱，剑锋直指长安。次年，唐玄宗带着杨贵妃与杨国忠逃往蜀中，途经马嵬坡（今陕西兴平市西）时，随驾禁军将校一致要求处死杨贵妃和杨国忠。虽然唐玄宗心中不舍，但安史之乱乃因贵妃而起，不诛难慰军心、难振士气。唐玄宗为求自保，不得已赐死了杨贵妃。

白居易在《长恨歌》中写道“六军不发无奈何，宛转蛾眉马前死”，就是杨贵妃之死的真实写照。据说玄宗在安史之乱平定后回宫，曾派人去寻找杨贵妃的尸体，但未寻得。

贵妃魂归故里

马嵬坡兵变，一根白绫将杨贵妃带离阳世，一代美人就此香消玉殒。

赐死杨贵妃，对唐玄宗来讲实在是迫不得已，于心不舍。民间传说，唐玄宗十分不舍得让杨贵妃死，但又迫于哗变将校的强烈要求，不得以采用了“狸猫换太子”之法，勒死了一个和贵妃相貌相近的宫女，以平息官兵之怒，暗中派人偷偷地将杨贵妃放走了。据说玄宗在安史之乱平定后回宫，曾派人去寻找杨贵妃的下落，但未寻得，以至于回到长安当了太上皇后仍日日思念杨贵妃，梦想着和杨贵妃重浴温泉、再度良宵。

如果杨贵妃真的死了，玄宗找到了贵妃的遗体，贵妃生命就此画上了句号，这段历史也就了结了。但是，贵妃遗体一直未能找到，据说马嵬坡的杨贵妃墓是座衣冠冢，马嵬之变时杨贵妃是死是活，至今仍然是一个谜。由于没有找到贵妃遗体，各种传说和猜测就纷至沓来。首先是民间传说，说死的是杨贵妃的替身，贵妃本人被藏匿转移，流落民间了。而俞平伯先生在《论诗词曲杂著》中对白居易的《长恨歌》和陈鸿的《长恨歌传》做了考证。他认为白居易的《长恨歌》、陈鸿的《长恨歌传》之本意，盖另有所长。如果以“长恨”为篇名，写至马嵬已足够了，何必还要在后面假设临邛道士和玉妃太真呢？俞先生认为，杨贵妃并未死于马嵬坡，《长恨歌》分明是在暗示杨贵妃并未死。

如果贵妃果真在马嵬兵变中未死，那她去了哪里呢？最终又魂归何处呢？

一说是贵妃流落民间，在江南的某一城市隐居起来，最终客死他乡。还有人撰文说，杨贵妃跑到罗江县宝峰山余家庵出家了。

一说逃到了日本。因唐时经济文化空前繁荣，日本人对大唐文化尊崇有加，帮助杨贵妃逃往日本也不是没有可能。至今在日本的名古屋、山口县等地还有杨贵妃墓茔遗址。

最可信的还是说杨贵妃悄悄地跑回了生她养她的故乡导江县境内，于青城山中的道观终老，魂归故里。此说令人信服的根据是，一、都江堰青城山是杨贵妃的故乡，落叶归根是人之常情。二、杨贵妃曾被唐玄宗度为女道士，号“太真”，和道家有不解之缘。而青城山是道家发祥地之一，贵妃隐归于青城山道观，顺理成章。三、玄宗曾向蜀地来的道士杨通打听过杨贵妃的下落，可见玄宗寻找贵妃并非漫无目的，而是有所指向。后又着方士李少君查找，无果。四、杨贵妃的父亲杨玄琰曾任四川蜀州司户参军，唐代蜀州辖今都江堰青城山一带，且贵妃长辈中有不少在蜀地任官的，居于此地，多有依靠。

李永庚先生在《杨贵妃考》一书中更结合白居易《长恨歌》诗句“临邛道士鸿都客”，考证出青城山的鸿都观就是杨贵妃隐居的住处。由此可见，杨贵妃若是在马嵬兵变中未死，最大的可能就是回到了故乡，隐居于青城山。

如是，贵妃杨玉环落叶归根，魂归故里，当是最好的归宿了。

据此，贵妃故里当有贵妃墓茔。资料载，贵妃墓现有不止一处，除了陕西咸阳马嵬镇有杨贵妃墓外，在日本也有两处杨贵妃墓。马嵬镇的杨贵妃墓比较为公众接受，但也只是衣冠冢。若贵妃故里建上一座贵妃墓，让贵妃有始有终，魂归故里，实为贵妃故里之幸事。

花蕊故里寻芳踪

花蕊其人

桂花飘香的仲秋，我来到花蕊夫人故里——四川都江堰市石羊镇金羊村采访，寻觅花蕊夫人少女时在家乡生活的点点滴滴。

关于花蕊夫人，史书记载的内容很多。传五代十国间，被称为花蕊夫人者一共有三人。其一为前蜀主王建淑妃徐氏，宫中号为花蕊夫人，因其姐也为王建妃，故称小徐妃。其二为后蜀主孟昶的妃子，姓徐（一说姓费，实为谬传），封为慧妃，青城（今四川都江堰）人，貌美如花蕊，故被称为“花蕊夫人”。其三是在清代学者赵翼《陔余丛考》中所记载的花蕊夫人，说这位花蕊夫人是南唐后主李煜的宫女，福建人，雅好赋诗。她在南唐亡后，被俘入宋宫，后为晋王所杀，人称“小花蕊”。

我要寻找的花蕊夫人是出生于古青城县徐家渡徐家院子（今四川都江堰市石羊镇金羊村）的徐家千金，后蜀主孟昶的妃子徐惠。

关于后蜀主孟昶的妃子花蕊夫人，史料和各类文学作品的描写不计其数，为世人所熟知并称道的，一是她的美貌，二是她的才气。留传至今的《宫词百首》，诗句优美，形象生动，开宫词新风之先河，在中国古代文学史上占有一席之地。中国古代美女多，才女亦多，而才貌俱佳者，无人能出其右。三是花蕊夫人的那首绝唱："君王城上竖降旗，妾在深宫那得知；十四万人齐解甲，更无一个是男儿。"不仅震撼了一世英雄宋太祖，更给后人留下了不尽的唏嘘。四是花蕊夫人最后死于赵匡义一箭之下，留下了诸多关于花蕊死因的猜测。

金羊村中寻遗址

人们熟知的花蕊夫人是入宫后的花蕊，而入宫之前的花蕊大家知之甚少。在花蕊故里石羊镇金羊村，我们有幸得到了石羊镇彭云松老先生的帮助，带着我们考察了花蕊夫人的出生地——位于石羊镇金羊村的徐家院子。彭老是石羊镇的退休干部，一辈子执爱乡土历史文化，尤其喜欢研究花蕊夫人，现在是石羊镇乡土文化研究会的资深顾问。彭老在向我们介绍花蕊夫人生平时如数家珍，虽然已是八十多岁高龄，却是思维缜密，记忆清晰，不时背诵几句花蕊夫人宫词中的诗句，竟无一字错误，令我们叹为观止。

彭老一边介绍花蕊夫人一边带我们参观花蕊夫人出生和幼时玩耍的徐家院子遗址。徐家院子是个大宅院，有前庭和后花园，庭院是典型的川西民居四合院风格，院中花木扶疏，流水潺潺，环境十分优美。后花园有琴台遗址，传说是花蕊夫人少时练琴的地方。院子旁边的花蕊湖是花蕊夫人儿时玩耍和戏水的地方；池畔有梳妆台遗址，传说是花蕊夫人少女时梳妆的地方。徐家院子庭院前后银杏成林，有些银杏树已逾千年，夏绿秋黄，风景迷人，令人遐想当年小徐惠在林间游戏玩耍的生动画面。彭老讲，当地乡民一直以花蕊夫人的美貌和才学为骄傲，家中有女儿的，成年之前常带到梳妆台来行梳妆礼，以期自家的女儿能像花蕊夫人一样才貌双全。

参观了徐家院子，彭老又带我们参观离徐家院子不远的古渡口——徐家渡，和古青城县古城遗址。

青城县的古城遗址在石羊镇古城村，此处有一高出平地二三尺的高地。彭老说，此处就是古青城县的古城坍塌后形成的高地，现已是农民种庄稼的田地。地垄边上，彭老随手捡起几块砖头、瓦片说，这些都是古城坍塌以后遗留的残砖断瓦。仔细一看，果然地块四周都是农民种地时清理在一边的砖头、瓦片。高地的林荫处立有一块“古城遗址”石碑，是都江堰市人民政府1988年所立。

花蕊夫人出生的徐家院子就在青城县古城遗址旁边。

青城花蕊徐家女

一路走来，我们对入宫前的花蕊夫人逐渐有了清晰的图像感。

史书上称花蕊夫人是四川青城人氏，因此很多人就想当然地认为青城就是青城山，便有了花蕊夫人是居住在青城山，孟昶游青城山时邂逅花蕊夫人之类的故事。其实此青城非彼青城。宋时在都江堰市设永康军，辖青城、导江二县，导江县治在今都江堰市聚源镇，青城县治在古青城县徐家渡杜家墩子（今都江堰市石羊镇古城村）。史书所称花蕊夫人为青城人氏指的是花蕊出生在古青城县，而非青城山。花蕊夫人出生的徐家院子就在古青城县城内，故史称“青城花蕊夫人”。

花蕊夫人本名徐惠，许多书上写成徐慧，或称之为慧妃。彭老讲，慧为惠之误，应该是徐惠。至于说花蕊夫人姓费，更是谬谈。徐惠之父徐国璋，是青城县富甲一方的员外，有良田千亩、街房百间。徐家是古青城县的望族，徐惠就出生在青城县的徐家大院子。

成都平原得益于都江堰的水利，成为天府之国。李白为此写诗赞美："九天开出一成都，万户千门入画图""水绿天青不起尘，风光和暖胜三秦"。地处美丽画图中的古青城县自然是美丽富饶、物阜民丰，是后蜀的粮仓。然而都江堰水利在滋润川西平原的同时，也给川西坝子带来交通的不便，流经古青城县的一条羊马大河就将青城县和成都府相隔，往来交通十分不便。于是徐国璋便领头和乡民们一起在羊马河上修建了一个通往成都府的渡口——"徐家渡"。古渡口之所以取徐姓为名，是因为这一带徐姓人占当地人口半数之多，故称此渡口为"徐家渡"。徐家渡及周边地区后设乡，名徐渡乡，可见徐姓在当地影响之大。徐渡乡直至2005年才合并到石羊镇。徐渡，即徐家渡口的简称，至今当地老人还习惯称这个地方为徐家渡。据彭老讲，徐惠当年应诏入宫时就是从徐家渡摆渡过河到成都府的。

由此可见，花蕊夫人姓徐是没有疑问的。

徐国璋得千金徐惠，视若掌上明珠，到徐惠长到四五岁时，便聘请家庭教师授课，类似私塾，举凡诗词、音律、绘画、剑术皆有所练习。徐惠自小聪明伶俐，几年学习下来，琴棋书画，无一不通，加之貌美如花，这徐家千金就声名在外了。

孟昶微服访徐惠

话说这年后蜀主孟知祥驾崩，孟昶继位。孟昶继位时16岁，正是青春年少，意气风发时，在一群辅佐大臣的帮助下，初期简政宽民，把后蜀治理得也还算可以，社会稳定、经济繁荣、百姓安居乐业，一派歌舞升平景象。孟昶自幼喜欢诗词，颇有文才，上有所好，下有所效，后在一班文人的包围下，逐渐暴露出少年时养成的公子哥儿本性，开始贪图享乐，过着骄奢淫逸的生活。

时有后蜀文坛“五鬼”之称的毛文锡、欧阳炯、鹿虔扆、阎选、韩琮等一班文人追随左右，整日诗词唱和，鼓吹“偃武修文”，营造一副天下太平的盛世景象。前蜀王衍纵情声色，嬉戏无度而误国，孟昶初时还能认识，对王衍的《醉妆词》“这边走，那边走，只是寻花柳；那边走，这边走，莫厌金杯酒”说过这样的话：“词余小令，自唐温庭筠倡于前，韦庄、王衍继于后，言情说事多有佳作，只是王衍以一国之尊，浮荡而好轻艳之词，朕不为也。”然而事过境迁，不久孟昶也过起了“金杯美酒、诗词歌舞”的寻花问柳生活。

为了贯彻他的文学主张，孟昶曾令卫尉少卿赵崇祚编选词集，欧阳炯作序，这就是文学史上可以和《文选》媲美的《花间集》。客观地讲，孟昶主持编辑《花间集》，形成了“花间词派”，从文学的角度看，功不可没。但作为一国之君，整日沉湎其中，终将误国。

风流倜傥的孟昶在做了后蜀国的皇帝后，除了醉心于诗词外，当然也不会忘了美酒和美女，广政二年（939 年）即开始在全国民间征召良家美女，充实后宫。孟昶是个很会享乐的皇帝，蜀中的富庶和安定又为他提供了享乐的基础，因此他整日在嫔妃佳丽、金樽美酒和词令小曲中过着奢侈淫逸的生活。蜀中出美女，尽管孟昶宫中佳丽三千，美女如云，但他总觉得少了点什么。那班跟随左右的文人窥出了孟昶的心事，知道他嫌宫中美女有色无才，便有人告诉他，徐家渡徐家院子出了个色艺俱佳的女子，姓徐名惠，不仅人长得漂亮，且琴棋书画，无一不通。尤其让孟昶兴奋的是，听收集编撰《花间集》的赵崇祚说，此女尤工词曲，所写诗词，清新婉约，生动活泼，年纪虽小，已是名声在外。

是年春天，孟昶化名孟永微服私访，以读书人身份造访徐家院子。孟昶知道，大凡有才之女一般都心高气傲，若强征，虽能得到此女子，却没有了琴瑟之趣，便微服私访，想方设法接近徐惠。

徐国璋虽富甲一方，却不是那种只爱金钱的土豪，素喜结交读书人，孟昶登门造访，徐国璋见其相貌堂堂，谈吐不俗，自然是热情接待。一来二往，孟昶就成了徐家院子的座上客。

琴台定情，徐惠入宫

徐国璋家中常年为小女徐惠请有老师，其中一位教练剑术的老师叫张思旭。张思旭年轻英俊，擅长青城剑术，舞起剑来如行云流水，潇洒飘逸，令徐惠十分着迷，时间一长，便心生情愫。那时徐惠才 14 岁，少女之心，朦朦胧胧便生出些许说不清道不明的相思。徐父看在眼里，因嫌张思旭家道中落，门不当户不对，便找个理由辞了张思旭。张思旭的离去，让徐惠怅然若失，整天郁郁寡欢。就在这时，那个叫“孟永”的读书人闯进了她的生活。

徐家院子后花园有一高台，上筑有一亭，是徐惠少时练琴的地方。一日“孟永”又来徐家做客，听见后院传来悠扬琴声，知道是徐惠在弹琴，故作不知，问道：“如此美妙琴声，是何人所弹？”徐国璋说：“小女徐惠。”孟昶说：“员外千金真是才女啊。可否引见？”徐国璋遂唤出徐惠与客人相见。五代时男女交往还算宽松，不似宋以后有严格的约束。孟昶一见徐惠，顿时惊呆了，真应了后世诗人苏东坡那句“花不足以拟其色，蕊差堪状其容”的形容。当即赋诗一首，赞美徐惠。徐惠在娇羞中口占一首回应，反应敏捷，诗句优美，令孟昶惊叹不已。

二人一见钟情，相见恨晚。

琴台上，一曲《凤求凰》将邛州司马相如和卓文君的爱情故事演绎得淋漓尽致；琴台下，二人执手相许，暗定终身。

第二年，即公元 943 年，孟昶再次在后蜀国广征民女。一批又一批美女在成都的皇宫被孟昶淘汰，直到徐惠来到孟昶面前，二目相视，无限情意尽在不言之中。

徐惠入宫时，孟昶 24 岁，徐惠 16 岁。

孟昶极度迷恋徐惠，赐封“花蕊夫人”，自此二人朝夕相依，形影不离。或作诗填词，夫唱妇随；或泛舟摩诃池上，赏花垂钓；日日笙歌，夜夜曼舞。后面的故事大家都很熟悉了，孟昶在美酒艳词中断送了后蜀江山，自缚请降，被宋军押往宋都，最后被宋太祖毒杀；而花蕊夫人则被迫委曲求全，服侍宋太祖，最后被赵匡义冷箭射死。

一代才色绝佳的花蕊夫人就此香消玉殒，留下宫词百首，开一代宫词之新风，百世流芳。

安澜桥为什么又叫夫妻桥

四川都江堰有一座索桥，该桥建于宋代以前，始称“珠浦桥”，后改称“评事桥”。南宋诗人范成大在任四川制置使期间，曾到都江堰考察，对此桥有过生动的描述：“桥长百二十丈，分为五架；桥之广十二绳，排连之，上布竹笆；攒立大木数十于江沙中，辇石以固其根，每数十木作一架；挂架于半空，人风过之，掀举幡幡然，大略如渔人晒网，染家晾移帛之状。又须舍舆疾步，从容则震掉不可立，同行皆失色。”（范成大《吴船录》）后此桥改名安澜索桥，但民间一直称其为“夫妻桥”。

都江堰的这座索桥为什么又叫夫妻桥呢？原来夫妻桥的名字背后有一个凄美动人的故事。

这座索桥位于都江堰鱼嘴，跨内外两江，明代末年毁于战火。是时岷江水深浪急，舟楫难渡，上下数十里仅有一个渡口——伏龙渡，而渡口又被当地恶霸把持。老百姓过河被勒索钱财，客商被劫夺财物，人称“霸王渡”。旧时老灌县曾有“走遍天下路，难过霸王渡”之说，可作为证。

清嘉庆年间（1796–1820年），灌县河西有个教私塾的先生，姓何，年少时即考取了秀才，后屡次乡试不第，遂放弃了科考，回家设馆蒙童。何秀才娶妻杨氏，人称何娘子。旧时教书先生收入不高，日子过得清贫，好在何秀才家有薄田数亩，小日子还算过得去。

何秀才教书，穷而不酸，即使教学童们一样的念“人之初，性本善，性相近，习相远”，一样的念“子曰：学而时习之，不亦乐乎”，但也时时注意将为人处世和做人的道理灌输在孩子们幼小的心中。他教的孩子都很有礼貌，家长们都喜欢他。

这天何秀才进城办事，经人称“霸王渡”的伏龙渡口过河。那阵岷江河上没有桥，过河全靠木船摆渡。把持“霸王渡”的恶霸马舵爷手下几个老幺一贯是敲诈勒索，调戏妇女，无恶不作，且马舵爷和县衙勾结已久，沆瀣一气，过往乡民是敢怒不敢言。何秀才上得船来，交了船钱，等待开船，听到一个妇人在向收钱的老幺哀求：我家婆婆生病，无钱抓药，我正急着进城卖了鸡到药铺抓药，转来时再补给你船钱。两个老幺色眯眯地盯着这个妇人说，你让我们搜一下，真的没钱就让你过。说罢两人就抱住那妇人浑身上下摸起来。那妇人眼泪汪汪地望着大家，一船人竟没有一个人敢开腔。何秀才终于忍不住了，大吼一声：住手！光天化日之下调戏妇女，成何体统。两个老幺认得何秀才，奸笑一声：牛棚里头伸出了马嘴，关你屁事。要不是看到你是秀才，一巴掌把你掀到河里头喂鱼。

何秀才回家将此事讲给何娘子听，发誓说，我一定要在岷江上重建索桥，让大家免费过江。何娘子听了，坚决支持丈夫，说，我娘家岷江河谷上游有一种叫“笮”的溜索，横跨河谷两岸，行人过江就搭溜索。如果能架上几根溜索，铺上木板，不就可以建成索桥了吗。何秀才听了十分高兴，当下就赶往汶川，请教了架溜索的师傅，回来就一边募资，一边画图，一边找工匠。第二年冬天，一座宽八尺、长约三十丈的索桥就在都江堰鱼嘴建成了。索桥的索为竹索，碗口粗，四根平行，上铺木板，用篾绳捆扎。

私塾先生何秀才以一己之力在都江堰鱼嘴上建起一座索桥，

立刻轰动了岷江两岸，乡民高兴得无法用语言来形容。

何秀才此举无疑是断了“霸王渡”的财路，马舵爷恨得咬牙切齿，恶狠狠地抛下一句话：走着瞧。

踩桥那天，马舵爷唆使手下在人们过桥时，一边摇晃索桥，一边暗中拔出刀子砍断边索，不幸有几人跌落江中，酿成命案。

官府用一根铁链子将何秀才锁进大牢。马舵爷买通官府，给何秀才定了个死罪，秋后问斩。临刑前，何秀才对前来探监的何娘子说，桥没修好，我死不瞑目啊！何娘子抱着何秀才的头痛哭，一边哭一边说，就是倾家荡产，我也要完成你的遗愿，修不好桥，我不来见你。

何秀才走后，何娘子在乡亲们的帮助下，一边为何秀才申冤，一边变卖了家产，继续筹集建桥资金。乡邻中有个石匠吴大爷，听说何娘子立志要完成夫君何秀才修桥遗愿，并不惜变卖了家产，深为感动，站出来振臂一呼，四邻八乡的匠人都站出来了，要为何娘子无偿捐工。何秀才教过的学生和学生家长也纷纷表示要为何娘子再修索桥出力。

经过两年的努力，一座横跨岷江的新索桥如彩虹般横跨两岸。

新任县令和成都府尹也为何秀才夫妇的壮举所感动，不仅派人参加新桥的踩桥仪式，还派了衙役和兵丁维持秩序和护卫安全。踩桥那天，灌县城万人空巷，两岸百姓扶老携幼，前来观看。

吴大爷等匠人给何娘子建议，如今索桥建成，了却了何先生的夙愿，还是要搞个三牲祭祀，以慰何先生在天之灵。何娘子向吴大爷等众乡亲跪地叩头说，感谢各位乡亲的相助，祭祀之事，我自有安排。

踩桥吉时一到，两岸鞭炮齐鸣，众乡亲簇拥着何娘子，何娘子端着何秀才的灵牌，缓步走上索桥。行至桥中，何娘子三跪九叩，呼喊着夫君何秀才的名字，纵身跃入岷江，追随何秀才而去。

后人感念何秀才夫妇的恩德，将索桥取名为“夫妻桥”。

千年灌口说二郎

四川都江堰市灌口镇是一个历史悠久的古镇，灌县设市之前是灌县县治所在地，灌县县改市之后，市区设有两个镇，灌口镇是两镇之一。历史上的灌县数次更名，先后叫过湔县、堰官县、汶山县、永康军、灌州、导江县、青城县等，而作为县治所在地，其名灌口却一直到今天。

灌口，又叫灌江口，自李冰在两千多年前凿玉垒山开宝瓶口引岷江水灌溉成都平原起，便得此名。灌口镇的设置始于南北朝后魏时期，至少也有一千六百年的历史了。唐李吉甫《元和郡县图志》载："灌口镇在县西二十六里，后魏置。"宋王象之《舆地纪胜》载："后魏时始置灌口镇，为都安县所属。"至明代，灌州改为灌县，灌口为灌县县治所在地。《明一统志》载："太祖洪武九年，灌州改称灌县，县治设灌口镇，后仍之。"从清至民国再到中华人民共和国，灌口镇作为灌县县治所在地就一直没有变过。可以这么说，灌口是中国最古老的镇之一。

灌口与二郎神的不解之缘

说到灌口，就不能不说到二郎神；说到二郎神，也不能不说到灌口。从古至今，二郎神的传说不计其数，主要的有李二郎说，杨二郎说、赵二郎说、石二郎说，等等。无论有多少二郎神的传说，有两点是基本相同的，一是二郎神居住在灌口（或称灌江口），以灌口二郎为正宗，这在小说《西游记》《封神演义》，及戏剧《宝莲灯》中都有记述。《宝莲灯》称二郎神为三圣母（华山圣母）之兄，住灌江口。小说《西游记》称二郎神姓杨，名戬，住灌口。《西游记》第六回是这样描述的："心高不识天家眷，性傲归神住灌江。赤诚昭惠英灵圣，显化无边号二郎。"二是二郎神都是降妖除魔、为民除害、驱除水患的大神，受到百姓的爱戴和膜拜。现都江堰旁边的"二王庙"中供奉的二郎就是集杨二郎、李二郎、石二郎形象为一身的神灵。

都江堰二王庙是祭祀李冰父子的神庙，地点就在灌口。在李冰父子未封王之前，此庙曾称为李公祠、李公庙等，清乾隆时的《灌县志》记载为"二郎庙"，民间也多有叫二郎庙的。清雍正赐李冰为"敷泽兴济通佑王"，赐李二郎为"承绩广惠显英王"。以水利之功而父子二人同被敕封为王者，在中国历史上是绝无仅有的。后正式称此庙为"二王庙"，供奉李冰父子。"文革"前庙中前殿为李冰，后殿为李二郎。李二郎与其父李冰均为王者神像，殿前却立有杨二郎的标志性武器三尖两刃刀和哮天犬，暗示李二郎就是杨二郎。几百年来，人们对此并不感到奇怪，人们感恩于李冰父子治水的旷世功业，愿意赋予他们更多的神话色彩，至于二郎姓什么并不重要，只要是在灌口。也只有都江堰的灌口才能承载二郎神的传说。

灌口与神话中的杨二郎

提起二郎神，人们脑海中便会浮现出那个长着三只眼、手使三尖两刃刀、带着哮天犬，纵横于天地之间的神将形象来。二郎神是一个神话人物，在《西游记》《封神演义》和戏剧《宝莲灯》中，都有二郎神的形象出现，且无一例外都称其为“灌口二郎神”或“灌江口二郎神”。虽然是神话，但任何神话传说都以一定的社会现实为基础，“灌口二郎神”也不例外。

凭借小说的力量，杨二郎成为明清以来人们最熟悉的二郎神。《西游记》第六回称他是“显圣二郎真君，见居灌洲灌江口”。《封神演义》更明确指其名叫杨戬，是玉鼎真人的徒弟。有史学家认为，杨二郎的原型是南北朝时氐族的英雄人物——杨难当，他是氐王杨盛的第二子，继承长兄杨玄之位，故在传说中称为二郎。历史上杨难当的统治中心在甘肃武都的仇池，曾据有宕昌之地，即今邻近灌口的松潘，还曾派兵深入川境。四川本是氐羌族旧地，容易慑服于他的兵威。于是由传说而信仰而立庙崇祀，便成为唐宋以来所谓灌口神的起源。并且有丰富的史料证明，氐族先民最早生活在我国西北部，一直保持有黥额为天的习俗，即用刀在额上刻上痕迹，然后在伤口涂上墨，使其长入肉中，形成永久的痕迹，看上去像一个竖起来的眼睛，就是由所谓“天眼”演变为二郎神的第三只眼。东汉以后，氐人由今陇南扩散到川北、西康，这一带不仅二郎神的庙很多，以“二郎”命名的山也很多，最著名的便是四川甘孜的二郎山。《邛崃县志》记载“蜀中古庙多蓝面神像……头上额中有纵目”，反映了氐人宗教的遗存。唐以后，氐人逐渐融合于汉族和藏族，氐族的三目祖先神二郎神也随之成了大一统中华民族神仙世界中的成员。甘藏地区的青衣神，也是三只眼，恐怕很多与氐羌融合有关。

不管杨二郎的来路如何，老百姓就是愿意将这个神话传说中的威武大神附加在李二郎身上，表达的是一种对李二郎的崇拜。灌口二王庙中的三尖两刃刀和哮天犬就是证明。

灌口与传说中的赵二郎

四川民间对二郎神崇拜最甚，凡驱傩逐疫、降妖镇魔、整治水患、节令赛会等各种民俗行为，莫不搬请二郎。有关二郎的大量传说，被编入多种评书、戏剧。然而要问这位二郎神究竟姓什么、名什么，则众说纷纭。其中有一说为二郎姓赵。据《龙城录》载，隋朝时有个人叫赵昱，隐居青城山学道，因隋炀帝迫其入仕，出任四川嘉州太守。时有老蛟兴风作浪，成一方祸害。赵昱乃持刀投江，没入水中，与老蛟大战，顷刻间江水尽赤，石岸半崩，吼声如雷。最终，赵昱左手持蛟首，右手持刀，奋波而出。于是州人顶戴，奉为神明。其后，赵昱弃官隐去，不知所终，但又在嘉陵江水涨溢为患时，几度“显神”。唐太宗从地方官的奏折中获知后，即封他为神勇大将军，在灌江口为之立庙。后来唐玄宗避安史之乱逃到四川时，又加封其为赤城王(今青城山下有“赤城阁”遗址)。

关于赵昱隐居之地，当地传说是青城山。今青城山面对灌口的那座山峰名叫“赵公山”，山上立有赵公庙。赵公庙至今还在。

而据《三教源流搜神大全》卷三称，在唐太宗封神以前，当地民众已为赵昱立庙于灌江口，俗称其“灌口二郎”。北宋真宗时，益州大乱，张乖崖奉旨入蜀治之，曾诣祠下求助于神，事后请皇帝追尊圣号，曰“清源妙道真君”。从此，这位“二郎神”声望日隆。宋元时代小说戏曲及民间传说中的二郎神，基本上就是这位赵二郎的形象和“神迹”，并对其后《西游记》《封神演义》等神魔小说中二郎神形象的塑造产生了重要影响。

灌口与出土文物中的石二郎

1974 年 3 月，灌口都江堰河底出土了一座李冰石人像，石人高 2.9 米，胸前刻有三行铭文："故蜀郡李府君諱冰 / 建寧元年閏月戊申朔廿五日都水椽 / 尹龍長陳壹造三神石人治水萬世焉"。李冰神石人像的出土引起了国内外文物专家、历史学家和文化学者的关注和研究，其中对二郎的"身世"又有了新的解读，即二郎既不姓李，也不姓杨，更不姓赵，而是姓石。

李冰神石人像的出土，从铭文上可以证实两点：一是此神石人为三个，二是此神石人是建宁元年（168 年）所制作的镇水之物。

最早提出石二郎说的是都江堰本土学者杨继忠，他的观点是，据崔令钦《教坊记》，唐初宫廷音乐家曾根据民间咏唱二郎神的曲调制成"二郎神"词牌，因知二郎神之名在初唐以前就存在，至于李冰次子、赵昱、杨戬等有名有姓的"二郎"，都是宋代及以后人的附会。

1975 年 1 月，距李冰神石人像出土处仅 37 米的同一河底，又出土了一个圆雕神石人，高约 2.2 米，比李冰神石人矮小。其石质、造型风格、侵蚀程度均与李冰神石人一致，可断定是三个神石人之一。至于这个无名神石人的身份，可认为是李冰的侍从之一，另一个尚待出土。杨继忠认为，李冰是蜀郡太守，按照古制例带侍从。东汉圆雕很讲究对称美，故侍从必定是两个，从李冰石人身上的铭文也可以断定，除了李冰石人像外，另外还有两个。当时这种侍从叫作"郎"，职责是护卫、陪从、助理。人们对李冰石人像可以明确称呼，但对这两个无名石人像只好用他们的身份"郎"来称呼了。因"郎"有两个，故简称"二郎"，又因它们都是石人，所以又叫"石二郎"。这种称呼随着李冰治水的故事在民间流传，二郎的故事也多起来了，且合而为一，成了一尊新造出来的神。这个造神过程大约历时四百年左右，在初唐以前完成。唐初词牌“二郎神”，又名“十二郎”，“十二郎”的“十”其实是“石二郎”的“石”的谐音，正可还原“二郎”即原来蜀郡守李冰大人之两个侍从的历史真相。

灌口二郎是否是石二郎，当为一家之言。

灌口与李冰之子李二郎

李二郎被披上神的外衣后就变成了二郎神。那现实社会中有没有二郎这个人呢？答案是肯定有。

在都江堰，关于灌口二郎的说法，史载和民间说法都比较一致，那就是李二郎，即李冰的二儿子。李二郎因协助李冰修建都江堰，治水有功，所以受到后人的祭祀。自古以来，民间善男信女多以四川灌县的灌口为二郎崇祀的正宗，二王庙在相当长的时间都叫作“二郎庙”。既然史籍和民间都认为李二郎是李冰的二儿子，那么有人要问，李冰有几个儿子？如果灌口二郎为李冰的老二，那么至少李冰还有一个大儿子，或许还有老三老四甚至更多，为何灌口二王庙中只有李冰和他的二儿子。

是的，李冰一共有三个儿子，且三个儿子都跟随李冰在川西治水，且多有建树。

李冰修建都江堰，按现在的标准来衡量也绝对是一个巨大工程。在两千多年前，这个工程自然是全国超级重点工程了，不是十年八年能完成的，有可能要几十年甚至更长的时间才能完成。都江堰建好了，那也只是整个都江堰水利灌溉系统的一部分，还得在川西平原上修建若干的干渠、支渠、毛渠，才能把都江堰的水引导到广大的农田中。

《华阳国志·蜀志》就详细地记载了李冰修建这些河渠的情况。东面“冰乃壅江作堋，穿郫江、检江，别支流双过郡下”；南面“冰又通笮道文井江，径临邛，与蒙溪分水白木江会武阳天社山下，合江”；东北面“又导洛通山洛水，或出瀑口，经什邡，与郫别江会新都大渡。又有绵水，出紫岩山，经绵竹入洛，东流过资中，会江江阳”。工程如此浩大，远非李冰一人之力能完成的。故有李冰三个儿子协助李冰治水之说。大儿子李大郎守雒口，就是今天的四川广汉。广汉古时又称雒城、雒县，即“又导洛通山洛水”的洛水；二儿子李二郎守灌口，即都江堰；三儿子李三郎守大栅口，即今天四川崇州三郎镇。

在崇州三郎镇，因三郎协助李冰治水功绩显著，百姓还为他修建了“三郎庙”，长年香火祭祀。在三郎庙中，三郎神像居中，大郎、二郎为左右陪祀。三郎镇也因此而得名。

二郎守灌口，因协助其父李冰治水都江堰，功盖川西，是李冰三个儿子中唯一可以和李冰比肩的，也得以封王成神，在灌口二王庙中与其父李冰共享香火，其名声远非大郎三郎可比。

李冰治水，功在千秋，其次子二郎协助治水，同样功昭日月，老百姓由感恩而爱戴，进而崇拜，由崇拜而逐渐将其神化，这在中国历史上并不鲜见。

灌口二郎，说的是历史，见证的是民心。

“三毛镇”由来

明代时，百姓为纪念三郎辅助李冰治水功绩，在此修建了三郎庙，庙中塑神像三尊，主祀三郎，大郎、二郎为陪祀。三郎镇由此得名。

三郎镇设为乡治，建制久远，历史上虽然分分合合，但“三郎”之名是始终未变的。但原来的三郎镇却不是现在的这个“郎”字，而是非常生僻的“毛”。笔者才疏学浅，始终没有弄懂这个字的来龙去脉，电脑上打不出这个字，甚至在新华字典上也没有查到这个字，但一直到“文革”结束前，三láng公社（当时还不叫镇）的“láng”一直都用的是“毛”。1969 年，我下乡插队在离三郎公社不远的灌县石羊公社，有年到三郎公社背川芎苓子，同行的社员指着“毛”字问我，你认得这个字不？我一看是个毛字出头，还以为是别个写错了，回答是个“毛”字，惹得众人哈哈大笑，说，亏你还是个知青，连“láng”字都认不到。这个字别说我认不到，就是专家教授也未必就认得到。

后来，大概是“文革”结束后，由于这个字过于生僻，就改“三毛”为“三郎”了，沿用至今。

今天在三郎镇山上的古寺或崖壁上不时还可以看这个毛字出头的láng字，据说这和唐玄宗与杨贵妃有关。

关于杨贵妃之死，历史上有种种传说。当地传说的是贵妃临死前向唐玄宗提出，要求在她死后将她葬于川西崇州翠围山，就是今天的三郎镇。杨贵妃为什么想葬在翠围山？原来杨贵妃出生在唐时四川导江县（今都江堰市聚源镇），其父杨玄琰曾在四川崇州（今崇州市）做过司户参军。贵妃年幼时常随父游于山清水秀的翠围山，后来入宫封为贵妃后，仍常常怀念故乡山水，所以在临死前她想魂归故里，便祈求皇上恩准将自己送到崇州翠围山安葬。玄宗和贵妃山盟海誓，恩爱一场，不得已而赐死贵妃，当然要满足贵妃的临终要求，所以在贵妃死后即秘密派人将贵妃遗体送往四川崇州翠围山安葬。因贵妃生前常常亲昵地呼玄宗皇帝为“三郎”，便密令将翠围山下的小镇改名为“三郎镇”，以为纪念。但这一切都是在暗中进行的，若用“三郎”二字，岂不是不打自招，况按皇家名讳，也不能用“三郎”二字，故一个“毛”字便硬生生地被造出来了。

青城山上上清宫

名闻遐迩的青城山是中国道教名山，地处四川成都平原西部，山上宫观林立，大小几十处，位于青城前山的上清宫是道家宫观中最重要的建筑之一。上清宫建在青城前山的最高处“青城第一峰”，整个建筑依山取势，宏伟壮丽，建筑背后峰巅之上还有呼应亭，有“登高一呼，群山响应”之势。在青城山三十六峰的拱卫之下，上清宫尽显巍峨之势。

登临上清宫山门前，“上清宫”三个大字赫然映入眼帘，字体为楷书，笔力雄健，沉稳庄重，落款为“蒋中正 二十九年”。“上清宫”三个字由蒋介石手书，并由当时的青城山道长易心莹大师主持刻石砌于上清宫山门之上。山门两旁为于右任先生撰书的一副楹联：于今百草承元化，自古名山待圣人。

蒋介石是在 1940 年初夏到青城山的，当时陪同他上山的有夫人宋美龄和僚属张治中、邓锡侯、潘文华、孙震、陈武鸣等一批高官。蒋介石在游览参观了青城山的建福宫、天师洞等宫观和景点后，最后登上了上清宫。一路走来，蒋介石心情大好，特别是在朝阳洞附近看了当时的四川省政府为蒋氏夫妇修建的别墅“琅环仙馆”后，甚为高兴。朝阳洞位于天师洞和上清宫之间，是一处巨大的天然岩洞，相传为“五岳丈人”宁封子的栖居之处，朝阳洞冬暖夏凉，四周林木葱郁，鸟语花香，环境十分幽美。琅环仙馆别墅就位于朝阳洞旁，为小青瓦屋面，穿斗逗式梁柱，木裙板装修，典型的川西民居建筑，外观简洁雅致，内饰精典华美。蒋氏夫妇看了非常满意。

在上清宫，蒋氏夫妇和陪同人员一边参观，一边听易心莹道长向他们介绍上清宫的历史和古迹。上清宫始建于晋代，现存建筑是清末民初陆续重建。上清宫建有多重大殿，主殿三清殿供奉着道教祖师三清神像和三清弟子十二金仙，宫观中文物古存甚多。蒋氏夫妇一行依次参观了三清殿、玉皇殿、鸳鸯井、文武殿、麻姑池，最后登上青城第一峰上的呼应亭，凭栏远眺，顿觉天宽地阔，有一呼百应的气势，心中颇为快意。

下山途中在天师洞小憩，易心莹道长见蒋介石夫妇心情不错，便恭请蒋先生为刚竣工的上清宫山门写几个字。蒋欣然提笔，先写下“上清宫”三个正楷大字，落款：“蒋中正　二十九年”。余兴未尽，又在《时贤文综》签名簿上题写了“太极”两个正楷大字，落款“蒋中正　二十九年四月二十五日”。

蒋介石一生酷爱书法，尤以楷书、行楷见长，字形舒展、笔画刚劲，骨力雄健，章法严谨，有行家评价说，蒋介石的书法以工整端严见长，用笔以方笔为主，横斜竖直，撇低捺高，颇有几分宋代书法家黄庭坚的风范，表现出瘦硬挺骨、险绝森严之风格。从艺术角度来讲，蒋介石的书法技法精到，法度严谨，内敛，有神韵。

斗转星移，中华人民共和国成立，蒋氏也跑到了台湾。他留在上清宫的字从宝贝变成了烫手的山芋。山下，翻身农民正在忙着斗地主分田地，没收庙产，禁庙兴学。山上，易心莹道长正为“上清宫”三个字而忧心如焚。听说山下农民正准备上山，要彻底打倒蒋介石，“上清宫”三个字为蒋氏所书，自然是在劫难逃。

据说当年心莹大师在情急之下跑到灌县县城找到灌县军管会代表、灌县第一任县委书记张广钦汇报情况，张书记当即指示，要保护青城山的文物古迹，任何人不得进山破坏。同时还指示四区工作队，要协助青城山道众做好保护工作。于此，青城山的宫观庙宇和众多文物古迹，以及山门上“上清宫”三个字才得以保存下来。

此次事件对青城山和易心莹道长来讲不过是一次预演，此后各种运动接踵而至，青城山和易心莹道长都是战战兢兢、如履薄冰。每次皆仗易心莹道长的智慧和人脉，化险为夷。

易心莹道长是青城山继彭椿仙大师之后又一位杰出的道教大师，一生致力于建设和保护青城山，研究和发展道教理论，著述颇丰，主要著作有《老子通义》《老子道义学系统表》《道教系统表》（即《老子应化图说》），并著有《青城风景导览》《青城指南》《道学课本》《道教三字经》等。又辑《女子道教丛书》以及道教炼丹、养生有关书籍，且多在观中刊行。易心莹道长先后担任中国道教协会第一届和第二届副会长，在北京受到毛主席和周总理的接见，并在青城山接待过周总理，是一位学富五车、德高望重的道教学者和住持。

时间来到了 20 世纪 60 年代中期，“文化大革命”开始了。“破四旧”的风愈刮愈烈，山下不断有红卫兵“扫荡封资修”的消息传到易心莹道长的耳朵里，听说孔圣人的老家曲阜连孔庙都有红卫兵在“破四旧”，孔圣人的石碑被推倒，“万世师表”的匾额被砸烂。山下传来造反派组织的消息，说上清宫山门上有蒋介石的题字，已经不是“破四旧”的问题了，而是革命和反革命的问题。有好心人悄悄给易心莹道长捎信来，说有红卫兵组织近期要上山来砸烂蒋介石的狗头，要“扫荡”青城山上的“封资修”。易心莹道长听了连忙赶到灌县县城找县领导，想请县领导出面保护这座道教名山。谁知进了县城，才知道书记、县长都被打成了“走资派”，一个个正戴着高帽子挨批斗呢。

易心莹道长望着“上清宫”三个字长叹一声，也许青城山这次真的是在劫难逃了。

一个偶然的消息让心莹道长看到了保护青城山文物古迹的希望，说是山下一所学校的某老师不小心撕破了一张印有毛主席头像的报纸，立刻被红卫兵们揪斗，最后不堪凌辱，含恨自杀。这本是一个让人唏嘘的故事，心莹道长在感到震惊的同时，决定利用大家对领袖的崇拜和敬畏之心来保护文物古迹。当即召集各个宫观庙宇的道众，连续奋战了几个昼夜，首先将“上清宫”三个字用泥巴糊了，粉上白石灰，用红字写上“毛主席万岁”几个大字。并将宫观中有可能被视为“四旧”的字画、壁画、碑刻等不能移动的文物全部用纸糊上，并写上最高指示。不久，山下“红卫兵××部队”的红卫兵冲上了山，所到之处，看见处处是最高指示，大家都傻眼了。在上清宫山门前，红卫兵呼着口号要心莹道长交出蒋介石的题字和碑刻，并指着山门说，那字肯定就藏在背后。可是就算是知道了，谁又敢去把“毛主席万岁”几个大字刨掉呢，又有谁敢将宫观内的最高指示撕毁呢。红卫兵闹腾了一阵，最后也只得悻悻然离去。

十年浩劫，易心莹道长以一己之力保护着青城山，殚精竭虑，未有丝毫懈怠。1976 年，易心莹道长仙逝于青城山。

一朵太平花，半部中国史

一

四川都江堰市有一座天下闻名的山，叫青城山；山下有一个场，叫太平场；山上有一种花叫太平花。据说，这太平场就是因为这太平花而取名太平；也有人说，这太平花是因太平场而取名太平。究竟是花名取自场名，还是场名取自花名，众说纷纭，莫衷一是。但有一点是可以肯定的，太平场是一个千年古镇，太平花更是一种千年名花。

2017 年 5 月，一则消息震动了都江堰市：失踪千年的青城太平花从北京故宫回归故里都江堰市，种植在都江堰市离堆公园的清溪园中。各大媒体对太平花回归都江堰给予了高度关注，不吝篇幅给予报道。人们闻讯纷纷扶老携幼前往观看，盛况空前。

为什么一朵花会引起这么多人的关注？因为这朵花太富有传奇色彩了。在它千年的迁徙史中，辗转了大半个中国，历经了生与死的磨难，从民间到皇宫，再从皇宫到民间，先后有两个皇帝为它赐名。中央民族大学教授蒙曼就感叹于太平花的传奇经历，说：一朵太平花，半部中国史。

二

太平花原产于四川，尤其在四川青城县（今四川都江堰市）青城山一带。本是百花之中一种普通的花卉，后蜀国时，因一个人的出现而让这种花成为名花珍卉。这个人就是后蜀国皇帝孟昶的妃子、中国历史上才貌双绝的花蕊夫人。花蕊夫人本名徐惠，是青城县（今都江堰市）富绅徐国璋之女，貌美如花，后世苏东坡曾赞其“花不足以拟其色，蕊差堪状其容”。花蕊夫人不仅貌美，且天资聪慧，文采出众，尤擅辞令，所写宫词清新脱俗，形象生动，开一代宫词新风。后人辑有《宫词百首》。徐惠进宫后深得后蜀主孟昶宠爱，赐号“花蕊夫人”。花蕊夫人特别爱花，进宫后，在宫中和成都城内广种芙蓉和牡丹，并将家乡青城山的太平花移植到宫中。

太平花未移植蜀王宫之前，不过是青城山中众多花草中的一种，青城山太平场的老百姓称其为“丰瑞花”，有丰年瑞祥之意。

太平花随花蕊夫人入宫后，花依人贵，更名为“瑞圣花”，这在宋代文史学家宋祁的《益部方物略记》中有记载：“瑞圣花，出青城山中，干不条，高者乃寻丈，花率秋开，四出，与桃花类，然数十跗共为一花，繁密若缀，先后相继而开，凡阅月未萎也，蜀人号丰瑞花……”太平花入宫更名为“瑞圣花”后，深得花蕊夫人喜爱，太平花也因此成为名花。此后的历代名人和文人骚客对太平花多有吟咏。

宋代大诗人陆游在任蜀州通判时曾游青城山，感叹太平花的遭遇，写下《太平花 》一诗，诗序：花出剑南，似桃，四出，千百包，骈萃成朵。天圣中，献至京师，仁宗赐名太平花。

扶床踉跄出京华，

头白车书未一家。
宵旰至今劳圣主，
泪痕空对太平花。

这首诗记述了太平花第一次因战乱而长途迁徙的史实。

公元965年，北宋灭后蜀，后蜀主孟昶被俘押往汴京（今开封），花蕊夫人也随夫一起被押送至汴京。花蕊夫人怀着亡国之痛北上汴京，据说在路上听闻杜宇声声“行不得也，哥哥！行不得也，哥哥！”其悲痛心情难以言表。在途经葭萌关将要出川时，她在驿站的墙壁上写下了“初离蜀道心将碎，离恨绵绵。春日如年，马上时时闻杜鹃”的诗句。

宋太祖赵匡胤迷恋花蕊夫人美色，爱屋及乌，在搜刮后蜀国的财宝时，连同花蕊夫人喜欢的太平花一并劫掠到汴梁。就在这一年，太平花经过长途迁徙，被移植到开封。

公元1023年，太平花作为贡品献给宋仁宗赵祯，就是历史上那个著名的“狸猫换太子”传说中的赵祯。仁宗皇帝赵祯也非常喜欢太平花，为它赐名“太平瑞圣花”，移植御花园。自此太平花由“瑞圣花”改名“太平瑞圣花”。因为皇帝赐名，太平瑞圣花便成了此后几百年皇家御花园中的名花珍品。

三

仁宗皇帝给太平花赐名“太平瑞圣花”，却并没有给太平花带来太平。

金国海陵王完颜亮攻取宋都汴梁，太平瑞圣花再遭劫难。海陵王完颜亮是个非常贪婪残暴的家伙，他攻取汴京后不仅掠走宋皇宫中的金银珠宝和美女，就连皇宫中的门窗都不放过，种植在御花园中的太平瑞圣花自然也被一并劫掠。开封市文史专家杜政远先生在20世纪90年代就开始研究寻访太平瑞圣花，对海陵王完颜亮在汴梁的暴行有过这样的文字描述："这个金国海陵王率兵攻入汴京（今开封）后，便将皇宫里的珍宝、文物抢劫一空，甚至把宫殿上雕刻精美的门窗也运到中都（燕京，今北京）安装在自己居住的宫殿上。还将原来宋徽宗建造艮岳从江南搞来的太湖石也都运到燕京了。现在北海公园小白塔西边那一大片精美的太湖石，就是当年海陵王从汴梁运来的。"

太平瑞圣花在战乱中由汴京迁徙到中都。

杜政远先生经过多年的寻访，在北京相关人士的帮助下，在北京中山公园发现了太平花。经过杜先生的研究并确认，北京中山公园的太平花就是当年被海陵王掠到北京去并在开封失传的太平瑞圣花。为此，在杜政远先生的多次呼吁下，开封市于2013年从北京引种移植了太平花。

其实远在杜政远先生之前，许多专家学者就对太平瑞圣花的行踪进行了关注。人们惊奇地发现，从清末开始，太平花不仅在开封消失了，在其故乡青城山一带也神秘地消失了。从现有的资料分析，清末之前，还有太平花的记载，如明代大文学家杨升庵就曾数次游青城山，并在山上看见过太平花。杨升庵在《登青城赠黄梓谷》一诗中写道：

浩浩洪流带白沙，
盘盘丹磴绕青霞。
渔郎源水疑无路，
羽士壶山别有家。
玉女房头交让木，
宝仙洞口太平花。
采真他日重期子，
烟驾云装两鹤车。

清末民初以后，文献中就没有了太平花的记载，有的是许多文人墨客寻访太平花不遇的诗词文章，太平花到哪里去了？这似乎成了一个谜。

于右任先生就曾数次登上青城山寻访太平花，但每次都无果而终。1943 年初夏，于右任再次上青城山寻访太平花，仍然未能如愿，于是写下《青城纪事诗》，以记其事。诗中写道：“名山名卉知名久，不见花开醉太平。”并在诗后注：“醉太平为山上名花，余三至未见。”

都江堰名宿、著名书法家李启明先生生前也四处寻访太平花。据说李先生年轻时读范成大、陆游等人的诗歌，知道了青城山中有一种叫太平瑞圣花的名花，自清末后便莫名地消失了。

是花期不遇，还是因战乱或自然灾害等原因致使太平花消失或稀少了？总之，人们对这种名花的际遇表现出了极大的关注。

四

随着对太平花关注和研究的深入，人们惊奇地发现，太平花被移植到中都后并不太平，随着战乱和朝代的更迭，太平花更是经历了九九八十一难。金灭亡时，金中都皇城御花园里的太平花在战乱中悉数被毁。所幸的是，在京郊的太平花躲过了战乱。元、明时期，京郊的太平花又逐渐被移植到故宫御花园精心培植。清初，清廷内务府又把太平瑞圣花移植到畅春园和圆明园。1820 年，嘉庆皇帝驾崩，谥号睿皇帝，因“瑞”与“睿”同音，为避讳，道光皇帝下令把“太平瑞圣花”的“瑞圣”二字去掉，赐名“太平花”，此后太平花一名沿用至今。同一花卉先后经两位皇帝赐名，这在中国历史上绝无仅有。

1860 年，英法联军火烧“三山五园”，畅春园、圆明园中的太平花全被焚毁，太平花再遭劫难。但太平花命大，畅春园中有两丛竟然躲过了战火，幸存于世。1886年，慈禧太后重修颐和园时，将幸存的两丛太平花移植到了排云门前，一边一丛。这两丛太平花在皇宫花匠的精心照料下，长得枝繁叶茂。然而命运多舛的太平花在1900年八国联军攻占北京时，再遭浩劫，同圆明园一道被焚毁。正当人们为太平花的苦难命运扼腕叹息时，第二年春天，人们惊奇地发现在废墟中有一丛太平花在阳光下冒出了新芽。慈禧太后听说后非常高兴，令人移植一部分种在排云门的另一侧。据说慈禧太后非常喜爱太平花，常以此花赏赐王公大臣，自此，北京城里的官员私宅就有栽种太平花的了。太平花成了御赐之物，其地位更加显赫，价值更加名贵。

还有更传奇的说法，说是大太监李莲英、小张德等因太平花名贵一时，便偷挖私种，太平花才从皇宫御花园扩散出去。《人海闲话》中收有署名芸子的文章《旧都之太平花》记载了此传说："故宫御花园之绛雪轩前，有太平花一丛，每岁暮春，著花甚繁，花白色，似棠梨，唯四瓣为其特色耳。花时芬芳卓绝，香气袭人。故宫方面，每诧为仅有此丛，以余所知，实不尽然。北平除故宫外，后门内老虎洞志赞希宅中，尚有此花，系清末权阉小德张，逢迎志氏，将故宫之花，移植一株于志宅者。志为瑾贵太妃之弟，故得有此殊举，同时小德张亦于此时，潜移一株于彼永康胡同园中。张后售此宅张忠武公（勋），忠武殁后，又归哈同，现庄兆一君寓此。故太平花北平已三处有之，绝非故宫一处所独有也。"无论何种说法，在当时的北京城里，能栽种太平花是一种荣耀，是地位和身份的象征。

五

据都江堰名宿李启明先生的学生王国平介绍，李启明先生后读徐珂的《清稗类钞》，从中了解到此花尚存于北京故宫，为此，他曾三上北京到故宫寻访此花，终于在故宫绛雪轩前的花台上见到了仰慕已久的太平花。

李启明先生第一次到北京寻找太平花是 1950 年，遗憾的是未能找到太平花。1985 年，李启明先生第二次到北京寻访太平花。这次他在老友董寿平先生的帮助下进了故宫，终于在故宫绛雪轩前的花台上见到了心中仰慕已久的太平花。但这太平花是不是从自己故乡辗转千年迁徙到京城的太平花呢？如是，李先生非常希望能将此花移植回故里。20 世纪 80 年代末，李启明先生已是 80 岁高龄，在弟子张通杰的陪同下，第三次到故宫，再次得见此花。他在绛雪轩前伫立良久，思绪万千。回都江堰后，写下“名花生长本青城，流转兵戈滞北京。欲共携归归未得，卿须怜我我怜卿”的诗句。

像李启明先生一样关注、牵挂和研究太平花迁徙踪迹的人很多，在开封有杜政远、程玉长等先生 ，在都江堰有卞再斌、王克明、施廷俊等先生。杜政远先生是开封市的文史专家，20 世纪末在《剑南诗稿》中读到一首题名“太平花”的七言绝句，由此开始了长达十多年对太平花的寻踪和研究，并于 2000 年开始在《开封日报》《汴梁晚报》等媒体上发表有关太平花的文章，引起开封市有关部门的重视，并于 2013 年从北京成功移植太平花回开封。都江堰文物局的卞再斌先生和都江堰档案馆的王克明先生、施廷俊先生也在都江堰政协文史资料上和《都江堰档案遗珍》一书中发表文章，对太平花不寻常的千年迁徙历史进行了梳理和研究，呼吁太平花回归都江堰故里。

文史专家们的呼吁引起了都江堰市政府的关注和重视。

都江堰市政府先后多次组织人员到北京故宫，与故宫的领导和专家对生长在故宫绛雪轩花坛的太平花进行确认，认为这就是一千多年前生长于四川都江堰青城山、后又神秘消失了的青城太平花。经北京故宫和都江堰市政府协商，2017 年 5 月 23 日，北京故宫博物院和都江堰市战略合作协议签署及故宫太平花赠植都江堰市仪式在故宫文华殿前广场隆重举行，故宫博物院院长单霁翔亲自将种植在故宫、带着泥土气息和扑鼻芬芳的太平花交到都江堰市市长何维楷手中。都江堰市为此举行了隆重的太平花迎归仪式，迎接辗转半个中国、迁徙千年的青城太平花归来，并将其种植在都江堰离堆公园的清溪园中。

中央民族大学教授蒙曼女士在太平花移赠仪式上激动地说：别小看了这朵小小的太平花，一朵太平花，半部中国史啊！

川芎和川芎肘子

“川芎肘子”如今已是川菜中的一道名菜，也是著名的药膳。在都江堰，大凡有客人来，炖上川芎肘子，那是对客人的热情和厚待。川芎肘子做法很简单，选猪肘子一个，洗净，焯水去油泡子，放入适量姜片、花椒、葱，以及30克川芎（切片）一同放入炖锅中，急火煮十分钟，然后文火炖三至四小时。揭开锅盖，一股淡淡的药香扑面而来。炖好的肘子肥而不腻，酥软可口，既具有极高的营养价值，还有通经理气、祛风去湿、活血止痛等功效，是极佳的药膳。

川芎肘子最初只是民间餐桌上的食品，现在各大酒店、宾馆已经将其列为一道川菜美食。可是，有没有人知道这川芎和川芎肘子的传奇来历呢？要知道，这川芎和川芎肘子与药王孙思邈、大文豪美食家苏东坡都有关系呢。

孙思邈在写成《千金要方》后，仍感书中记述不全，决定再写一部《千金翼方》以补其不足。当他云游到四川青城山后，发现这里简直就是一个中药材的宝库，于是便在青城山的天真观（现玉清宫）做了一名挂单道士，每天带着徒弟到山上寻药采药，遇太平场逢场天，便到太平场天后宫街坐诊，给老百姓看病，同时搜寻民间单方。

有一天，孙思邈带着徒弟到青城山中采药，在一松林内看见一群白鹤在嬉戏玩耍，正看得出神，猛然听见几只白鹤惊叫，只见其中一只白鹤双脚颤抖，不断地哀鸣。孙思邈上前仔细查看，见这只白鹤痛苦不堪，知其一定是得了急病，便将其挪到一个能遮风避雨的地方。一会儿便看见有另只白鹤衔来几株青草丢给病了的白鹤，青草上还开有白花。白鹤吃了这青草，似乎痛苦减轻了不少。第二天，孙思邈又去看这只白鹤，又看见有白鹤给这只白鹤衔来开着白花的青草。一连三天，这只得病的白鹤竟然奇迹般地好了。

孙思邈欣喜若狂，知道一定是这种开白花的青草救了白鹤，便循着白鹤飞来方向寻找这种开白花的青草，终于在青城山混元顶峭壁的古洞旁找到这种开白花的青草。孙思邈经过眼观、鼻嗅、口尝，发现这种开白花的植物的块茎不仅有行气开郁、祛风去湿、活血止痛等功效，还能治头痛眩晕、胸腹胀痛、经闭、难产、痈疽疮疡等症。此后在太平场天后宫街给人看病，便用它去给病人治病，验证疗效，一试果然灵验。

这种开白花的植物虽然药用价值高，但只开花不结果，采一株少一株。孙思邈决定采用无性繁殖的方法驯化这种野生的植物。青城山下太平场背后有座山，属青城山的一部分，山不高，也不陡，山上土层肥厚，植被丰茂，植物种类多，其中有很多都是药材。孙思邈在玉清宫一边写他的《千金翼方》，一边带领当地农民采药、识药、种药、制药。经过种植摸索，又发现这种药物的无性繁殖规律，即秋后在浅山培育苓秆，第二年夏天移到坝下种植，其块茎药性大增。孙思邈和当地药农经过多年努力，终于将这种野生草药驯化为可种植的名贵中药。

徒弟问孙思邈，此药物入书，当取何名字？孙思邈略一深思，口占一诗：“青城天下幽，川西第一洞。仙鹤过往处，良药降苍穹。”

然后说，就叫川芎吧。川芎由此而得名。

川芎有如此药效，还有一个传奇说法，就是“禅养川芎”。所谓“禅养川芎”指的是都江堰石羊镇马祖寺一带的菊花心子川芎得到了马祖寺川芎栽种培植的佛禅之法，药效特别好，用菊花心川芎烹炖的肘子味道特别好，药膳营养价值高，故菊花心川芎世称“川芎之王”。更神奇的是，这马祖寺的菊花心川芎移到外地栽种，大都难以成活，即使能成活，其药性和药效也大打折扣，且时间一长就退化了，有点“橘生淮南则为橘，生于淮北则为枳”的意味。

都江堰河西石羊镇马祖寺一带的菊花心子川芎名气大、药性好，一直是中药材市场上的抢手货，为什么一旦离开了这块土地，就会退化呢？据石羊镇专门研究乡土文化的赵志伟老师讲，马祖寺川芎能培育成今天的“川芎之王”，“禅养川芎”功不可没。赵老师讲的“禅养川芎”指的是川芎和马祖寺的渊源。赵老师讲，历史上马祖寺是川西四大丛林之一，当年马祖寺住持马道一佛学知识渊博，治学严谨，且一直重视研究农耕，在主持马祖寺时就立下“农禅并重，一日不作，一日不食”的寺院新规。寺院僧人亲自田间耕种，以研修禅佛的精神研究川芎的种植，培育出了著名的“菊花心子川芎”。只不过民间传说给“禅养”增添了一层神秘的色彩。

可川芎是药，最初是没有人敢放入食品中食用的。

以药入食，将猪肘子和川芎一道烹煮，谁是第一个吃螃蟹的，现在当然无从考证。笔者认为这川芎肘子的做法和吃法，应该是川芎产地都江堰的老百姓在长期的生活实践中慢慢摸索总结出来的。不过近年来有文史专家和作家考证出这川芎肘子是苏东坡先生发现的，这无疑是给川芎肘子增添了许多名人效应和传奇色彩。持此观点的人言之凿凿地说，当年苏东坡曾到青城山游历过，一日在青城山下一农户家中借宿，东坡先生喜食肘子肉，吩咐农户做一份炖肘子。待肘子端上桌子后，苏东坡发现此肘子的肉香中散发出一种从来没有过的淡淡的药香，食之肥而不腻，细嫩爽口，一打听方知是肘子中加了川芎，击掌赞叹曰：此川芎肘子当为吾川人之美食也。苏东坡既是大文豪，又是美食家，经他一美赞，由此川芎肘子名声大噪。

其实川芎肘子是不是苏东坡发现的并不重要，重要的是川芎肘子如今已成为名扬中华的一道药膳美食，不仅味道鲜美、营养丰富，还有延年益寿的功效，越来越受到人们的喜爱。

川芎不仅可以用于药膳，它的嫩叶在产地都江堰还是一道佐餐下饭的好菜，俗称凉拌“川芎尖”。即摘取川芎苗的嫩尖子，开水烫一下，拌以蒜泥、姜汁、盐巴、味精，也是下饭佐餐的一道美食。

如今川芎的主产地都江堰石羊镇，不仅每年种植大量优质川芎，还先后开发了川芎酒、川芎茶等药用饮品。

川芎浑身都是宝，宋代韩琦曾写诗赞美川芎：“靡芜嘉树列群芳，御湿前推药品良。时摘嫩苗烹赐茗，更从云脚发清香。”

由于川芎地域性很强，都江堰的川芎以其无可替代的优势，已被国家授予“地理标志性产品”称号。

柳街薅秧歌，川西土地上的传奇

柳街薅秧歌唱起来

四川省都江堰市柳街镇是文化部授牌命名的“中国诗歌之乡”，也是中国诗歌学会授牌命名的“中国田园诗歌小镇”。每年端午节过后，在柳街镇的田野上，手持秧耙的农民歌手们就要在这块绿色的土地上吼上一嗓子：“黄鳝出洞尾巴摆，你唱秧歌我来解，天上唱完唱地下，一家一家唱起来——唱起来！”

这就是在川西土地上流传数百年，经柳风农民诗社罗廷全、康洪、杨久长、邱岗等几代人收集整理，列入四川省非物质文化遗产的“柳街薅秧歌”。

柳街薅秧歌是川西老百姓在劳动中创造出来的一种田间说唱形式，是原生态的农耕文化，具有很强的地域性、大众性、时代性特征。薅秧的农民在水田中劳动，现编现唱，见啥唱啥，天上飞的、地上跑的、水中游的都是歌唱素材，男婚女嫁、家长里短皆可入歌演唱。

六月的川西坝子上，到处是绿油油的秧苗，微风起处，绿波荡漾。东方刚刚发白，一个壮实的农民汉子头戴草帽，身着白色汗褡子，肩扛薅秧杆，雄赳赳地走在田坎上，一声“薅秧子啰！”

惊飞了秧田中成群的阳雀子，咕咕咕咕地叫着飞进了林盘中，接着成群结队的薅秧农民便从四周的院落中走出来，挥动秧耙开始薅秧。

薅秧歌儿唱起来——（众）唱起来

唱段刘备卖草鞋——（众）卖草鞋

张飞卖肉又卖酒——（众）又卖酒

关羽推锅豆腐来——（众）豆腐来

领唱的是柳街薅秧歌传人之一的康洪，他声音洪亮、悠扬，富有韵味。他唱一句，薅秧的众人便和着他的声调唱最后三个字，迢声吆吆，韵味悠悠。

康洪唱罢，柳街薅秧歌的另一传人杨久长开口了：

秧耙杆杆丈二长——（众）丈二长

嘴唱歌来手薅秧——（众）手薅秧

秧歌不唱重皮子——（众）重皮子

有板有眼有名堂——（众）有名堂

杨久长的声音高亢、洪亮，中气足，有张力，唱起薅秧歌来声情并茂，感染力强，众人的唱和也特别有劲。

初夏的川西坝子，薅秧歌声一波接着一波、一浪高过一浪，沸腾了这片绿色的田野。

柳街薅秧歌的兴起和形成

柳街薅秧歌兴起于明末清初的柳街七里坝、乌家坝，距今已有三百多年的历史，形成于清光绪年间（1875—1908 年），标志是有了带专业性质的薅秧歌班子。

都江堰柳街镇地处川西平原西部，一马平川，全是农田。千百年来，水稻就是柳街的主产，薅秧是种植水稻的一个中间环节。每到夏初，农民们在薅秧时，为了排解干活时的劳累和枯燥，三五个在田里边薅秧边唱民歌小调，这便是薅秧歌的起源。明末清初，由于战乱，四川人口锐减，虽然有“湖广填四川”的大型移民运动，四川的农村劳动力仍然严重不足，像薅秧这类时令性非常强的农事，往往就要组织互助性的生产活动。在薅秧的互助活动中，为了调动薅秧人员的劳动积极性，在柳街一带就出现了薅秧歌班子，在田间地头扯起架势唱薅秧歌。这种方式确实对缓解劳累、提高劳动效率起到了很大的促进作用。随后就慢慢形成了带有一定专业性质的薅秧歌班子，其中比较著名的有两个，一个是花公爷领头的“花花班”，一个是姜金钩领头的“姜家班”。这种带有一定专业性的演唱，除了保留现编现唱的特点外，已经出现了有意识创作的因素，因此有许多好的唱词和唱段就流传开了，还有的口口相传，流传至今。如：

柳街下场一牌坊，幺妹赶场去看郎。
上场下场走几遍，不见他郎泪两行。
柳街麻柳实在多，对门兄弟会唱歌。
今天没有唱赢我，明天早点来唱歌。

薅秧歌唱班的出现，不仅在唱词上有了质的飞跃，在演唱形式和唱腔上也有了丰富和提高。演唱形式上有单唱、对唱、领唱、说唱等；唱腔上有采花调、小调、啦啦调、二黄腔等。川剧兴起，成为四川人的最爱，四川人有事没事都喜欢摇头晃脑地哼唱几句，这也直接影响到薅秧歌的发展和变化。如川剧中的帮腔，在薅秧歌中就表现得最为突出，一人唱来众人和，声势浩大，气势磅礴。薅秧歌的演唱者还在演唱中植入了川剧的腔调，如柳街薅秧歌中就有川剧高腔慢二流板的唱腔，唱起来有板有眼，韵味十足。更有的薅秧歌演唱者把川剧锣鼓搬到秧田边，敲锣打鼓地助阵，异常热烈。

柳街薅秧歌因为大都是现编现唱，因此便带有很强的时代感，虽然它最初的兴起是纯粹为了娱乐和解乏，但它却多有惩恶扬善、行孝积德、歌颂美好爱情、向往幸福生活等积极向上的内容。

如表现男女爱情的：

灌县下来是柳街，十树梅花十树开。

有心讨朵梅花戴，人生面熟口难开。

（注“讨”，方言，摘的意思）

抗日战争时期，四川虽然处于大后方，薅秧歌中却有不少抗战的内容。如：

号音吹来响连天，到处在喊一二三。

摸爬滚打样样会，为的抗日保江山。

五月初五是端阳，日本鬼子太猖狂。

薅完秧子上前线，叫他龟儿枪下亡。

柳街薅秧歌的长足发展应该是在改革开放时期。由于柳街薅秧歌数百年的浸润，在柳街这块土地上，民歌民谣长盛不衰，农民诗歌创作一直非常活跃。家住柳街鹤鸣村的程光林老先生从 20 世纪 80 年代起就开始创作民歌，至今已创作了数千首，出版了几部民歌诗集，被人称为“民歌大王”。他写的民歌《书记田中甩牛鞭》就有薅秧歌的味道：“书记田中甩牛鞭，鞭打黄牛像镖箭，犁落一轮天边月，逗得公鸡惊叫唤。”幽默、夸张、风趣，极具川西民歌特色，在川西坝子传诵一时。

柳街薅秧歌的发掘和传承

柳街薅秧歌发展到今天，其发掘和整理工作，罗廷全老先生功不可没。

罗廷全老先生如在世，当是百岁高龄了。罗廷全是柳街镇鹤鸣村人，幼时读私塾，四岁启蒙读“四书”“五经”，在柳街镇算得上是个才子；后失学务农，先后教过书、编过乡志；一生钟爱薅秧歌，能编能唱。为了抢救口头流传的薅秧歌，他深入到川西坝子研究和搜集薅秧歌，以及和薅秧歌有关的民风民俗，一干就是四十多年。20 世纪 80 年代开始，罗廷全为了搜集到最原始的薅秧歌，先后三次召集柳街百岁以上的老人座谈——这些百岁老人都是历经清朝、民国和新中国的老人，都是柳街薅秧歌的亲历者和传唱人，罗廷全老先生就是从他们的记忆中抢救出许多即将失传的柳街薅秧歌的。其后又经过走访和研究，搜集整理了数百首流传于民间的薅秧歌。2006 年，在柳风农民诗社的帮助下，出版了《柳街薅秧歌 300 首》。后又整理史料，编写了《川西柳街薅秧歌史话》，为柳街薅秧歌申报省市非物质文化遗产奠定了基础。

柳街薅秧歌三百多年来都是口口相传，并无文字记载，罗廷全先生用毕生精力将其转化为文字，使之能流传于世，功莫大焉。

康洪和杨久长是柳街薅秧歌演唱的传承人，二人都是柳街镇的农民，说一口地道的河西话，演唱的薅秧歌原汁原味。康洪的声音洪亮、悠扬，穿透力强，能在空旷的田野上展现出劳动歌谣的韵味。杨久长的嗓音高亢、激越，中气十足，有张力，粗犷中富有感染力。

二人常常在初夏的薅秧季节在秧田中一边薅秧一边领唱或对唱：

唱得高来对得高，光数城墙没数包。
光数筛筛没数眼，光数耕牛没数毛。
唱歌要唱童子声，这坝那坝有人听。
这坝那坝人听见，阳雀过山远传名。

就这样你一句我一句、你一段我一段地唱，其他薅秧的人一齐帮腔，中间再来点插科打诨的小插曲，田间一片歌声和笑声，场面十分热闹。

薅秧歌表达的是劳动者在劳动中乐观、豁达、健康的心态，体现了柳街人积极向上、吃苦耐劳的精神风貌。正是这种来自田间地头、为老百姓所喜闻乐见的说唱形式，丰富了乡村文化生活，数百年来传唱不衰。

柳街薅秧歌的发展

在柳街，像程光林这样的民歌作者比比皆是。2003年，柳街镇邱岗、程光林、周兴强、刘宗德等人发起成立全国第一家农民诗社“柳风农民诗社”，吸收和团结了一大批农民诗歌爱好者，如康洪、杨久长、杨奇旭、王庆辉、张仕琼、吴会丽等，创作了大量具有新时期特点的新农村诗歌，这些诗歌都大量吸收了柳街薅秧歌的营养，带有浓浓的泥土芬芳。柳街农民诗人的大量涌现和创作的大量新农村诗歌又反过来影响了薅秧歌的发展，今天的柳街薅秧歌已更具文学性和艺术性，更符合当代人的审美特征。

据柳街薅秧歌的传承人邱岗、康洪、杨久长介绍，柳街薅秧歌的特征有六，一是它的时代性。劳动人民在秧田中薅秧时，现编现唱，所选取的题材大多是当时 、当地的人物事件，有很强的时代特征。二是具有大众性。一人唱，众人和，大家都参与，很闹热。三是它的即时性。薅秧歌不讲究地点场景，喜怒哀乐都可以唱，边劳动边说唱，既缓解了劳动的困乏，又提高了劳动效率。四是地域特点强。柳街及周边地区是保留了古汉语发音入声最多的河西方言区，薅秧歌中的歌词方言俚语多，演唱起来夸张、风趣、幽默。五是无伴奏。薅秧歌随着劳动的节奏任意发挥，同时又吸收了川戏的腔调，逐步形成了三四个版本的调式，演唱时多有临场发挥；六是口口相传。传了三百多年，在罗廷全老先生搜集整理之前并无文字记录，是典型的口头艺术。

柳街薅秧歌经过罗廷全、邱岗、康洪、杨久长等一批传承人的继承、创新和发展，在保留了原始薅秧歌特点的基础上，提升了薅秧歌的文学性和艺术性，使之具有更强的娱乐性和观赏性。

2015 年，柳街薅秧歌成功申报省级非物质文化遗产，受到了各方面的关注。

2016 年 4 月 4 号，清明节，由柳风农民诗社社长、柳风艺术团团长邱岗编导的大型实景演出柳街薅秧歌登上都江堰清明放水节的表演舞台，中央电视台等海内外数十家媒体现场报道，多家卫视现场直播。邱岗和他的创作团队经过多年的反复锤炼，将柳街薅秧歌提升到一个新的艺术高度，获得观众的一致好评，进而被都江堰清明放水节总导演一眼相中。

排练中，有领导担心，柳街的薅秧歌好是好，可参加演出的人员全部是柳街土生土长的农民，把他们放在众多专业演员队伍中演出，会不会砸锅，因而建议留下脚本，全部换成专业演员。邱岗说，正因为他们是地道的农民，才能唱出柳街薅秧歌的味道。邱岗坚持宁可撤下节目也不换人。

事实证明，邱岗的坚持是对的。

都江堰清明放水节在全球媒体和观众的关注下盛大开启，柳街镇数十位手持秧耙的农民登上舞台，那洪钟般的一嗓子河西话“薅秧子啰！”让全国观众见识了柳街薅秧歌的原生态魅力。

演出结束后，邱岗和他的创作团队觉得，再豪华的舞台，再炫丽的布景，都比不上柳街镇金龙村那片绿油油的秧田，他们要把从泥土中生长出来的薅秧歌还原到脚下这块土地，留下原生态的柳街薅秧歌。

2016 年 6 月 18 日，中国诗歌学会、四川省作家协会、都江堰市人民政府在诗歌之乡举办“诗歌百年·梦回柳街——2016中国田园诗歌节”，开场重头戏便是柳街薅秧歌现场实景演出。

以千亩秧田做舞台，以山川河流为背景，一场原生态的柳街薅秧歌在来自全国各地的作家、诗人、艺术家和成千上万观众面前徐徐拉开帷幕。

秧歌不唱不宽怀，嘴巴一张歌就来。
秧歌好比家常菜，酸甜苦辣唱出来。
你歌没有我歌多，我歌还比牛毛多。
唱了三年六个月，才唱一只牛耳朵。
你歌没有我歌多，我歌要用骡子驮。
前头过了苏家渡，后头压断黑石河。

演出场面宏大，气势恢宏，一百多位柳街农民手持秧耙，在秧田中一边薅秧一边演唱，以他们最质朴的、最原始的歌声折服了现场成千上万的来宾和观众。初夏的金龙村田野上歌声、掌声、欢呼声，一浪盖过一浪。现场的观众啧啧称赞，连呼安逸！过瘾！

柳街薅秧歌走过三百多年的历史，如今正以崭新的姿态在柳街这块土地上续写它的传奇。

凤栖窝下埋藏着什么

都江堰有个地方叫凤栖窝，在玉垒山的松茂古道旁边，背靠玉垒山，面朝飞沙堰。

在玉垒山陡峭的悬崖中间有一个马蹄形的凹地，靠山面水，左有玉垒关，右有西关，山上林木葱茏，山下修竹繁茂，四季青翠，鸟语花香，仿佛是人间仙境。站在凤栖窝眺望对岸，远处是玉女峰，一抹黛青，秀色可餐；近处是飞沙堰、金刚堤，岷江从山脚流过，涛声阵阵，浪花朵朵，古堰美景，尽收眼底。由此便生出一个“凤凰来了都不想离开”的传说。传说是一只凤凰飞到“凤栖窝”这个地方，见这里山清水秀，翠竹幽深，便在此筑巢栖息，不走了，故名“凤栖窝”。

传说终归是传说，而让祖祖辈辈都江堰人记住“凤栖窝”这个地方的，则是它在都江堰岁修中不可替代的地标性作用。

凤栖窝下面究竟埋藏着什么秘密呢？且听我慢慢道来。

李冰修建都江堰，“凿离堆，辟沫水之害，穿二江成都之中”，使川西平原成为“水旱从人，不知饥馑”的鱼米之乡，成就了天府之国的美名。

都江堰自修建之时起，湍急的江流每年都要从上游携带大量的泥沙到都江堰，淤塞河床，故都江堰每年都要进行岁修。岁修的目的是加固堤岸，清淤导流，确保内外江“四六”分水。然而在当时的条件下，怎样才能保证清理的河道刚好能有足够的水量而又不至于形成水患呢？李冰在修建都江堰时便考虑到了这个问题，用巨石刻制了一个石马，埋入内江江底，地点就选择在凤栖窝。每年岁修淘挖河床，挖到石马，刚好。

凤栖窝便成了都江堰人必须牢牢记住的地方。

选择石马作为岁修基准，一是“马牛羊鸡犬豕”，马为六畜之首，有祭祀江神的意思；二是石马体积庞大，做基准稳定性好。

石马虽然体积庞大，但岷江水流湍急，泥沙量大，时间久了，石马竟悄然发生位移，偏离了凤栖窝位置，最后竟然不知所踪。但《蜀中名胜记》载有“都江口旧有石马埋滩下”，是能够证明凤栖窝河床下确有石马存在的，只是被洪水冲走后至今未见其踪，和鱼嘴的铁龟、铁牛一样，成了都江堰的一个谜团。

为了保证都江堰岁修，后来曾在凤栖窝河床处埋下铁板等物件作为岁修基准，均不理想。从明朝万历年间（1573—1619年）开始，改铸铁桩埋于凤栖窝处以作为每年岁修河床的基准，收到了很好的效果。后人称铁桩为卧铁，并总结了维修都江堰的六字箴言，其中就有“水画符，铁桩现”，意思是河床挖淘时，挖到铁桩现为止，河床深浅和水流流量正好合适。

自明朝开始，在凤栖窝先后共埋下铁桩四根，除清光绪年间（1875—1908年）铸的卧铁已不存在外，其余三根均已出土复制，现保存展示在离堆公园堰功大道前面。三根铁桩均长约3.3米、直径约0.16米，明朝万历年间（1862—1874年）埋下的铁桩，上面铸有“永镇普济之柱，明万历四年造”字样，为四川御使巡按郭庄主持铸造。清同治年间（1862—1874年）铸造的铁桩，上铸有“大清同治三年缵绪贻则之柱”，由观察何咸宜督修都江堰时增铸。第三根铁桩是民国时期任成都水利知事的官兴文所铸。

官兴文为都江堰人、著名的水利专家，在任上治理都江堰多有建树，所铸铁桩上铸有“署成都水利知事官兴文造”字样。

中华人民共和国成立后，政府更加重视对都江堰的建设和维修，都江堰水利工程的灌溉面积由几百万亩发展到一千多万亩。1994 年，在都江堰建堰 2250 年和灌溉面积突破一千万亩之际，由水利部和四川省人民政府共同主持铸铁桩一支，并于 1998 年安放在凤栖窝，铁桩上铸铭文“中华人民共和国水利部、四川省人民政府立”。今天的科技发达已经不再需要依靠“铁桩”来测定都江堰岁修的基准，而政府在都江堰建堰 2250 周年之际仍依旧制铸埋铁桩，凸显的是凤栖窝和铁桩在都江堰维修中的重要历史意义。

如今这根铁桩的复制品和明、清、民国的三根铁桩复制品一起安放在离堆公园中供游人观赏。

凤栖窝，作为一个景点，游人往往一览而过，但是对于都江堰的建设、维护来说，这里是不可或缺的重要地标，它见证了都江堰两千多年的历史，并将继续见证都江堰未来的发展。

第二辑 · 地名龙门阵

百年名校青城书院

青城山麓有一所学校，名“青城小学”。四十多年前我在这所学校结束了小学学业，当时并不知道这里就是有一百多年历史的青城书院。当我知道我的小学母校的前身就是著名的青城书院时，心中感到特别的激动和兴奋，少年时的读书生活一幕幕浮现在眼前，仿佛就在昨天。

兴奋之余，忙查找资料，重新认识这所学校。

青城书院始建于清道光年间（1821—1850 年），距今已有 170 多年的历史了。

乡人好学，但在封建社会，广大贫寒子弟是与书本无缘的。乡人高城南，进士及第，官任海南崖州知州，回乡丁忧期间，见乡中贫寒子弟无书可读，遂联合本地乡绅集资兴办义学，专招贫寒子弟，此为青城书院之初创。青城书院的创立，使贫寒子弟有了求学之处，深受乡人的欢迎。乡人遂立碑以纪其事，现还有残碑可考。

青城书院建立之初，自然还是以习古文、背古诗、临字帖、作联句为主，“废科举、办新学”后，逐步引入新式教学。学校规模不断扩大，民国初年学生已达百余，这在当时已是很了不起的办学规模了。学校也从只有初级班办到了高级班。教学新理念和新思想的进入，使学校教师思想活跃，学生文风日盛，老师不仅在课堂上讲授语、数、理、化，也传播进步思想和社会知识，亦有红色书籍在学校流传，如《毛泽东印象记》《朱德传》《列宁讲演》等；更有张仁等一批革命志士从事进步活动，这在当时的川西平原上可谓是独树一帜。一批又一批贫寒子弟不仅在青城书院学到了新知识，也学到了新思想，从这里走进县城、走进省城、走向全国，成了各行各业的骨干和精英。

从清朝到民国再到中华人民共和国，青城书院几经易名，但地址始终未变，教书育人的宗旨未变，一脉传承的学风未变。记得我入校读书的时候正是国家三年困难时期，好多学校都关、停、并、转了，教师队伍也进行了压缩；虽然青城小学的老师也精减了，但我在学校却依然感受到浓浓的学习氛围。虽然饿着肚子，老师照样揣着糠馍馍带着同学们到都江堰、青城山游览参观，感受祖国的壮美河山。虽然没有经费，照样用石灰画几条跑道线组织校运动会；没有乐器，弄几块竹板照样组织文娱演出。用一句带点调侃的话说，同学们瘦是瘦，可精神够。那阵虽然肚子是饿了点，但精神食粮一点也不比现在的学校差，且时常有课外活动，如请 770 军区的首长来讲塔山阻击战，请评书艺人来学校讲评书等等。

记得一次学校请评书艺人贺兆奎来校讲评书《烈火金刚》，地点在学校礼堂。贺老师着青色中式便服，一把折扇斜插在后颈窝，一手端茶杯，一手抚醒木，下面是几百个学生叽叽喳喳地闹麻了。少顷，只听得“啪”的一声，醒木一敲，全场顿时鸦雀无声。贺老师不慌不忙地从后颈窝取出折扇，“唰”的一声展开，摇两下，清咳一声，便开始讲《烈火金刚》。当他讲到史更新炸碉堡、端炮楼、抱起机关枪突突突地扫射鬼子，全场巴巴掌拍得震天响；当他讲到鬼子进村，什么“米西米西”“八格牙鲁”，模仿得惟妙惟肖，逗得同学们捧腹大笑。贺老师也忍不住和大家一起哈哈大笑，笑得像个小孩。可以这么说，丰富的课外活动对我们这些少年的教育和影响一点也不比课堂上小。

爱读书也是青城书院传下来的一个优良传统。在经济和物质极其匮乏的那些年，书籍对于青城书院的读书少年来说简直就是奢侈品，学校少有的一点点书籍，根本满足不了几百学生的需求。于是我们班上就组织了“小小图书馆”，动员同学们将家中图书借到“小小图书馆”，让没有书看的同学也能享受阅读带来快乐。我就将自己的几十本连环画借给了“小小图书馆”，其中还有十多本我最喜爱的《三国演义连环画》。后来一本都没有收回来，但我一点都不后悔，因为我也从其他同学的书中得到了阅读带来的知识和快乐。

青城书院的老师在课堂上授课也似乎有点与众不同，这可能与创办初衷就是为贫寒子弟所设有关。我的班主任李老师讲课就从不循规蹈矩，他是教语文的，讲课时常常游离课文，大讲作家刘绍棠的《青枝绿叶》，讲散文大家朱自清的《背影》，讲诗人流沙河的《草木篇》。他说，刘绍棠读初中时写成《青枝绿叶》，发表后被选入高中课本，到他读高中时，老师就请他上台讲写作《青枝绿叶》的体会。因此李老师常常会让同学走上讲台互动，我就曾多次被老师点将，上台讲自己的作文。现在想起来所受到的激励和鼓舞，确实非一百分能给予的。李老师还常常把课堂搬到校外，记得有一次他组织同学们到学校附近香积寺游玩，回来就叫大家写作文，还点名要我写一首诗。说实话，那阵啥子叫诗都不知道，以为把文章的句子拆开排列起来就是诗了。我生平写的第一首诗就是《游香积寺》，现在一句都记不起了。没想到的是我们的校板报编辑方一民老师竟给登在头条，还用红粉笔给套上红，把我兴奋得几天都睡不好觉。

我不是写诗的料,但那颗诗歌的种子还是在那时悄悄地种下了。

特别值得一提的是，青城小学规模扩大后，除了中心校，还办了许多村小，青城山上的青城二小就是其中一所。1955 年 5 月，周恩来总理参加万隆会议归来，途经四川，在陈毅同志的陪同下登上了青城山，途中转到设在半山腰的青城二小看望学校的老师和同学。周总理在青城二小逗留的时间虽然很短，但对学校同学和老师嘘寒问暖，关怀备至，并一再鼓励同学们“好好学习，天天向上”。总理到青城二小看望老师和同学的消息不胫而走，传为佳话。试想一下，彼时许多要人登上青城山，却没有一人到这个只有一个老师的学校去关心过、慰问过、这不能不让青城小学的全体师生倍受鼓舞。

“5·12”汶川地震，青城小学也和震区的其他学校一样遭到了毁灭性的打击，师生们也曾像震区许多学校一样在板房中度过了那段艰难的日子，但在上海人民和全国各地人民的无私援助下，一座崭新的学校又重新矗立起来了。

去年夏天，我和同学吕君一道专门到母校去寻踪，地方还是那个地方，四合院式的旧建筑早已荡然无存，干打垒的礼堂也不见了踪影，取而代之的是一幢幢很气派的教学楼，宽敞明亮的教室已配上电脑等教学设备；以前尘土飞扬的土坝子变成了正规的操场；旗杆上鲜艳的国旗迎风招展；崭新的校门上方是金光闪闪的“青城小学”四个大字；旁边的“青城书院简介”上，清晰地记载着这所有一百七十多年历史的学校的发展历程。不变的是那几棵苍劲的老树见证着青城书院的过去、现在和将来，见证着青城书院一脉传承的学风。

官家花园，一座三百年的川西宅院

由成都西行至都江堰境，首先到达的是崇义镇。崇义镇原来叫崇义铺，是成都西进都江堰的门户，更是深入阿坝的重要驿站。崇义之名，取于“崇德尚义”，崇德尚义就是崇义人的精神和灵魂。

在崇义镇，有一座有三百年历史的古旧大宅院，那就是名动川西的官家花园。官家花园沉淀的历史文化至今仍为崇义人津津乐道。

官家花园占地一万四千多平方米，建筑面积五千多平方米，建于明末，成型于清初。相传最早为“尚书府第”，但在官家花园保存的碑记中并未见“尚书”记载，只有这座大宅院历经王姓、李姓、官姓代代相传的记述。至官姓一族，官家花园不断扩建、修葺，而最终成为现在的规模。

官家花园历经明、清、民国的发展，完整地体现了川西民居的建筑风格和建筑文化，具有非常高的建筑文化价值。官家花园是由若干四合院组成的庭院式砖木结构瓦房，大小房间约 120 间，24 个天井，是典型的川西庭院建筑群。在这个院落的大门前面有一长 30 尺、高 15 尺的古代川西风格照壁，照壁正中是一个大红的“福”字，照壁檐下有精美的琴、棋、书、画砖雕。大门两侧有石狮一对，那是旧时大宅院都有的镇宅之物。高大的“八”字门墙向两侧伸展，直至将整个大院都包在墙内。转过照壁，便是官家花园气度不凡的大门和门厅。从这里走进官家花园的时候，游人无不为它穿越时空的风水、古朴的民俗风格、厚重的历史沧桑感所震撼。

官家花园的建筑既体现了儒家的文化，又浸透了民俗文化。据《崇义乡志》记述，官家花园的格局有很多讲究。花园大门前有五尺宽的水沟两条，一高一低，俗称“双玉带”风水；一上一下两座小桥，叫作“云耳纱窗”；大门两旁丈余高墙向两侧伸展，直至围绕整个大院，外观则低，内观则高，称之为“四水到堂”。进得院来，左有假山鱼池，右有花园果树，两侧廊房镌刻官家历史。第一幢正房门额正匾上书“好义可风”，房内书有“朱子治家格言”；第二幢正房为官氏供奉祖先的堂屋，再往里面依次为内房、住房。侧房有书房数间，门额横匾上书“木楼三馆”，书房壁刻“家传礼教”“社会礼教”等，处处体现的是官家的儒学传承。

官家花园建筑中最令人难忘的是全国罕见的“蝙蝠叠梁”。四川著名古建筑研究专家季国忠先生说，他跑遍中国的古建筑群，还没有见过如此之大、如此之美的蝙蝠叠梁，无论是从艺术价值还是从历史文化价值看，官家花园的蝙蝠叠梁都堪称珍品。从文物的角度看，这蝙蝠叠梁当为官家花园的镇园之宝。

官家花园历三百余年的兴衰而保存至今，官氏一族必有其杰出人士。官兴文便是其中的杰出代表。

官兴文，字蔚章，灌县崇义铺人，都江堰本土杰出的水利专家，1923 年任灌县水利知事，1925 年又任成都水利知事。在署理都江堰水利事务的任上，官兴文深入调查研究，大胆改革创新，整修鱼嘴，兴修白马堰、导江堰等，多有建树。1925 年，官兴文主持大修都江堰，熟知都江堰地形地貌和水文特征的他经过实地踏勘和调查研究，发现都江堰三大工程中，最易受到洪水攻击的就是鱼嘴和金刚堤。如果鱼嘴是鱼之头，那么金刚堤就是鱼之身，身越长，越容易被洪水攻击，且顶住鱼头的力就越弱。历史上鱼嘴在洪水面前十数次向下位移，最远一次下移达两百多米。经过分析，他认为要铸就鱼嘴的金刚不坏之身，除了要加强鱼嘴和堤岸的修筑外，缩短“鱼身”以强其体是关键。官兴文大胆做出将鱼嘴位置下移 200 米的设计，使鱼嘴至飞沙堰的堤岸变得短而粗壮，成为名副其实的“金刚堤”。

大修中，官兴文利用当时最新的测量技术，再次校准内江岁修淘修河床的基准，新铸卧铁一根，埋于凤栖窝下，作为每年岁修的基准。此次大修，基本奠定了鱼嘴和金刚堤现在的格局。

都江堰两千多年来成就了成都平原的天府之国美誉，但地处灌县城北的老百姓却一直处于无水灌溉的疾苦之中。都江堰水系是由西向东、由高至低成扇形扩展，而灌县城北沿山一带隔着一座县城和王垒山，岷江水虽然近在咫尺，千百年来却一直无水可以灌溉。官兴文经过勘察，提出了一个大胆的设计，从南桥往下几百米处的三泊洞取水，修建一条穿城而过的水渠以灌溉城北山下的土地。1942 年，官兴文主持修建导江堰，历时四年，终于完成了这条水渠，使城北山下 11 万亩土地终于得到都江堰的自流灌溉，成为旱涝保收的良田。在庆祝导江堰建成通水的大会上，时任四川省政府主席的张群亲自将导江堰正式命名为“兴文堰”，以表彰官兴文对都江堰水利建设做出的杰出贡献。

官兴文将毕生从事都江堰水利建设的经验写成《都江堰兴利除害计划书》留给后世，至今仍是一部可资后世借鉴的水利著作。

除了官兴文，从官家花园还走出来一位远征军战士。官宧，又名官守朴，官家第十代孙，称官兴文为叔祖。1943 年，年仅 15 岁的官宧还在中学读书，但抗战的热血早已在这个少年的身上沸腾。时值流亡迁徙到四川三台县的东北国立大学师生们带头向国民政府请愿，要求集体从军，抗战杀敌，这一请愿行动得到了四川各地大中学校学生们的积极响应，“十万青年十万军，一寸河山一寸血”的口号响彻巴蜀大地。官宧不顾家人的反对，积极报名参军，一次不行就两次，两次不行就三次，终于在1944年获准参加中国青年远征军驻印教导队二队当了一名战士。

以官家的名望和家产，官宧本可以过衣食无忧的生活，但他把这一切都放弃了。在印度一个边远小镇——宜都，官宧和一百多名同学一起被编入驻印远征军新六军第十四师学生教导队第二队，开始了艰苦的军事训练。宜都的背后就是令远征军老兵们闻之色变的野人山。

三个月的军事训练结束后，官宧就随部队一起参加了对日军的反攻行动。遗憾的是没等到走上反攻的前线，没等到看见远征军反攻大捷，官宧所在的部队就奉调回国了。

抗战胜利后，官宧进入黄埔军校学习，1949年在灌县参加和平起义。

官宧说，抗日战争是伟大的民族解放战争，我经历的时间虽然很短，但我参加了，作为官家后人，我终生无憾。

官家花园由于历史的原因，衰败得很厉害，可喜的是现在已被地方政府列为重点文物保护单位，并正积极筹资进行保护性修葺。拂去历史的尘埃，人们将会看到一个承载着厚重历史文化的官家花园。

徐渡之名

都江堰市徐渡乡在2005年撤乡建镇并入石羊镇后，作为一个行政建制的乡便消失了，但作为一个地名，徐渡却一直留在人们的记忆中。

徐渡之名始于当地一个渡口——徐家渡口，当地人习惯称之为“徐渡”或“徐家渡”。

自李冰凿离堆建成都江堰，成都平原得益于都江堰的水利，成为天府之国。李白为此写诗赞美：“九天开出一成都，万户千门入画图”“水绿天青不起尘，风光和暖胜三秦”。成都平原，美丽富饶，物阜民丰。然而都江堰水利在滋润成都平原的同时，也给川西坝子带来交通的不便。流经灌县河西的一条羊马大河就将灌县河西和成都府相隔，往来交通十分不便。徐渡与相邻的郫县就一河之隔，与成都府直线距离不过几十里地，若绕道灌县县城上成都府，将增加双倍的路程。为此，当地乡民便在羊马河上修建了一个渡口。最初的渡口建于何时已无记载可考，但至迟在后蜀国和宋时，徐家渡得以命名并成为川西坝子上一个繁华的渡口码头。

据当地彭云松老先生介绍，古渡口之所以取名为“徐家渡”，一是因为这一带徐姓人占当地人口半数之多，为首的当数大名鼎鼎的花蕊夫人的父亲徐国璋。徐家是古青城县的首富，徐氏一族为修建徐家渡自然是出了大力。二是当地人以花蕊夫人为荣。故此渡口以徐姓称之，名徐家渡口，简称“徐家渡”。

宋时都江堰设永康军，下置导江县和青城县，导江县县治在今都江堰市聚源镇，青城县县治就在今都江堰市石羊镇杜家墩子。今都江堰石羊镇古城村（原徐渡乡）尚有青城县古城遗址，距羊马河古渡口仅一步之遥。可以这么说，古青城县因徐家渡口而有交通之便，徐家渡口因古青城县而繁华一时。

诗人陆游在任四川蜀州通判时曾几次到青城县游玩，并造访徐家渡口，写下《青城县会饮何氏池亭赠谭德称》一诗，诗云：“赤日黄尘行路难，青城县里得偷闲。十年去国悲霜鬓，六月登楼望雪山。醉客千言犹落笔，美人斗酒未酡颜。凭谁唤住谭夫子，更与徘徊水石间。”这里的“更与徘徊水石间”写的是陆游与范成大、何子方、谭德称等诗友在水边游玩的情景。如果是在古青城县城，这“水石间”定在徐家渡口，因为徐家渡口就在古青城县县城旁边；如果是在主人何子方的青城后山家中，这“水石间”当在青城后山味江。

宋时的徐家渡口十分繁华，青城县的农产品及青城山一带的皮毛、药材等山货从这里运往成都，而成都的盐巴、布匹等日用品从这里运往青城县和川西山区。车水马龙，川流不息。后青城县撤销，徐家渡口逐渐衰落。至清时，繁华已不复存在。清末，诗人刘光旭到徐家渡，看见古渡口的衰败景象，遥想当年陆放翁游徐家渡时的繁华，不禁悲从中来，写下“江水带平沙，江天一望斜，即今余石垒，当日尽人家。城阙空山色，楼台逐浪花，沧桑几经变，古渡剩寒鸦”（《过徐家渡》）的诗句。

徐家渡口虽然衰落了，但徐家渡这个地名却因古青城县和徐氏花蕊夫人而一代一代流传下来，到后来徐渡设乡，便顺理成章地命名为徐渡乡。川西坝子以姓氏命名的渡口很多，而以渡口名做建制乡名的却并不多见。由此可见徐家渡在当地人心目中的地位。

随着时光的流逝，曾经繁华的徐家渡只留下游人凭吊的遗址。面对有些荒凉的河滩，遥想花蕊夫人当年入宫时由这里摆渡过河的盛大场面，不禁让人感叹连连。

千年鱼嘴

鱼嘴分江内外流，宝瓶直扼内江喉。
成都坝仰离堆水，禾稻年年庆饱收。
——董必武《观都江堰》

都江堰有个游人到此必看的地方，就是“鱼嘴”。为什么这个地方叫鱼嘴呢？外地游人总觉得这名字取得好生奇怪，其实看了之后就明白了。鱼嘴是都江堰水利工程的分水工程，它静卧岷江江心，昂头将滔滔江水一分为二，左边泄洪，右边引水灌溉，是都江堰的三大核心工程之一。因状如鱼嘴，人们就叫它鱼嘴。

今天的游人站在鱼嘴，远眺岷山千里雪，脚踏滔滔岷江水，感慨于鱼嘴千年不朽的功绩时，可曾想到鱼嘴今天之所以能坚如磐石地昂首江中，是集中了都江堰维修和保护者千年的智慧，才铸就了它的金刚不坏之身。

都江堰自建成以后，川西平原就变成了“水旱从人”的鱼米之乡，但大自然并不因此而变得温柔宜人。秦汉之后，洪水时有发生，江河堰堤屡屡被毁，而首当其冲的便是鱼嘴。如果把都江堰水利工程比作一个军阵的话，鱼嘴就是这个军阵的先锋，汹涌而来的洪水最先冲毁的就是鱼嘴。都江堰历经两千多年的历史，宝瓶口基本保持原状，而鱼嘴则在岷江洪水的蹂躏下被冲毁、位移达数十次，每损坏一次，接踵而至的便是水涝和旱荒。为此，历任四川主官均把维修都江堰作为首要工作，而鱼嘴则是维修工程的重中之重。鱼嘴不保，整个都江堰就失去了作用。

都江堰维修历来有坚作和柔作之争，坚作就是主张以条石垒砌堤岸，以桐油、石灰、丝麻黏合塞缝，以达到坚固耐用的目的。这种方法的优点是确实可以提高工程的坚固和耐用，但在岷江强大的洪水冲击下，也不能保证长久不垮，且工程造价高、费工费时。柔作的主张是用竹笼装填卵石砌护堤岸，其优点是简单易行，拆迁和重建容易，应变能力强，竹材和卵石均可就地取材，省工省钱。竹笼卵石的另一个优点是在洪水侵袭时，竹笼和卵石的空隙可以消弭一部分洪水的冲击力，同时在堤岸底部被洪水淘空时，竹笼卵石会自然下沉填补。柔作的缺点是坚固性差，经不住洪水的冲击，需要年年维修。

应该说，无论是坚作还是柔作，都是前人在维修都江堰的基础上积累的经验和智慧，都在治理和维护都江堰水利工程上发挥过巨大的作用。

在鱼嘴的治理和维修上，更是体现了我们先人的智慧。

元朝吉当普在署理四川水利时，亲自到鱼嘴考察、研究，认为鱼嘴经常被洪水冲毁，无论是石砌还是竹笼卵石，都不足以抵御洪水，便大胆地提出在鱼嘴铸铁龟以护鱼嘴镇洪水，并亲自督造了重达万斤之巨的铁龟置于鱼嘴之首。铁龟铸成之后，确实对抵御洪水对鱼嘴的冲击起到了巨大的保护作用。

到了明嘉靖二十六年夏（1547 年 8 月），都江堰遭受了百年不遇的大洪灾，堰毁堤决，“金堂、简、资、内江一带水势弥漫，驾山旧痕几十余丈，浸淫四五日始渐以落。江两岸田地冲决，见在民居漂洗靡遗寸椽，盖百年来所未见之灾也。”（《都江堰铁牛记碑》）都江堰灌区灾情惨重，民不聊生。更让人震惊的是保护鱼嘴的重达万斤之巨的铁龟也被洪水冲得无影无踪，至今仍无下落。

明嘉靖二十九年（1550 年），按察司佥事施千祥负责整治四川水利。施千祥实地踏勘了鱼嘴等工程，又走访了民间匠人，认为在鱼嘴安置铁龟“以铁治堰”之法不失为一个好办法，只是觉得万斤之重仍不足以抵御洪水。为一劳永逸计，决定铸造更大更重的铁牛放在鱼嘴。

为铸这头 7 万斤重的铁牛，施千祥动用了千余名工匠，在鱼嘴用杩槎拦断江水，再深淘江底挖坑，竖埋 300 余根柏木桩，桩间黏土回填，桩顶铺二尺厚石板，然后浇铸铁板为底座，再在铁板上用泥沙做成牛模。牛模现场设 11 座化铁炉，安 50 口熔锅。浇铸当天，牛模四周 11 座大炉炉火熊熊，50 口熔锅内铁水滚滚，千名工匠轮番作业，万千百姓围观助兴，只见钢花飞舞，铁水飞溅，场面十分壮观。经过一昼夜连续浇铸后，两头铁牛终于铸成，“各长丈余，首合尾分，如人字状，以其锐迎水之冲，高与堰嘴等。”（《铁牛记》）

鱼嘴铁牛为两头“首合尾分”的巨牛，重达七万余斤。铁牛铸成之日，川西各州县百姓为之欢欣鼓舞，庆贺都江堰再获新生。

此后相当长的时间，都江堰只是每年岁修，没有再发生大的灾害。

清初，都江堰再遭百年不遇的特大洪水袭击，洪水泛滥，堤堰尽毁，整个鱼嘴竟然被下移两百余米。更令人惊愕的是，重达七万斤的铁牛被洪水冲得无影无踪，足见这次洪水之凶猛。铁牛神秘失踪，至今也没有找到，成为都江堰又一谜团。

清光绪年间（1875—1908 年），丁宝桢任四川总督，此时的清廷国势式微，朝政腐败，加之连年动乱、战争，都江堰年久失修，水旱灾害频发，丁宝桢硬是从空虚的清廷国库争得12万两白银，大修都江堰。丁宝桢在总结前人维修都江堰的成败得失的经验和教训后，采用了刚柔并举的措施，即“坚作”和“柔作”两种方式并用，在采用竹笼装石修堤的同时，对鱼嘴和人字堤等要害处采用石砌方式。应该说丁宝桢的维修方式是各取所长，是符合都江堰治水的“因地制宜”箴言的。惜乎丁宝桢运气不佳，大修完成仅两三个月，都江堰就遭遇了千年难遇的大洪灾。据史料记载，这次洪水超过有史以来的水位记载，内外两江水位均高过堤岸，再次将鱼嘴、人字堤等多处堤岸冲毁。丁宝桢因此获罪而连降三级。

客观地讲，如果没有丁宝桢此次大修都江堰，仅以此前严重失修的都江堰迎战这场洪水，不光灌县，恐怕整个川西平原，乃至成都都会遭受灭顶之灾。

1925年，时任成都水利知事的都江堰人官兴文主持大修都江堰。他认为要铸就鱼嘴的金刚不坏之身，除了要加强鱼嘴和堤岸的修筑外，缩短“鱼身”以强其体是关键。并大胆做出将鱼嘴位置下移200米的设计，使鱼嘴至飞沙堰的堤岸变得短而粗壮，成为名副其实的“金刚堤”。大修中，官兴文再次校准内江岁修淘修河床的基准，新铸卧铁一根，埋于凤栖窝。

此次大修，基本奠定了鱼嘴和金刚堤现在的格局。

光阴荏苒，近百年又过去了，我们现在看到的鱼嘴和它身后的金刚堤，也先后经受了大大小小洪水的考验，特别是“5·12”汶川地震，鱼嘴更是经受了前所未有的考验，如今风采依旧，昂首江中。在鱼嘴身上，我们看到的是人类的智慧和力量，都江堰作为全人类的文化遗产，当之无愧。

蒲村，中国空军的摇篮

蒲村，就是今天的都江堰市蒲阳镇。七十多年前，中国空军的摇篮中国空军幼年学校就诞生在这里。当时的灌县人还习惯称这里为蒲村，这是一个地处灌县东北角的偏僻乡场。祖祖辈辈生活在蒲村的老百姓怎么也不会想到，这里，将成为中国空军的摇篮，中国空军的雏鹰们将在这个摇篮里锻炼、成长，然后搏击长空，成为保卫国家和民族的中坚。

1939年的中国，抗日战争进入最艰苦的时期，中国国土不仅大片被日本侵略者侵占，中国的领空更是被日军飞机任意蹂躏。据国民党军委会副总参谋长白崇禧在回忆录中提到，到1940年，全国空军飞机仅余65架，能参战的飞行员更是少得可怜。鉴于当时的形势，为了抗战的需要，时任苏联驻中国的空军总顾问帕尔霍明科向中国政府建议，中国要战胜日本侵略者，必须要建立强大的空军，中国可以仿效苏联和世界各空军强国的做法，开办中国空军的幼年学校。此建议当即得到国共两党高层人士的赞同，并报经国民政府军事委员会批准建立中国空军幼年学校（简称“空幼校”）。空幼校由蒋介石亲自担任校长，任命保定陆军军官学校第三期毕业生、曾在美国留学的汪强将军任教育长。汪强授陆军少将衔（中将职级），实际主持学校工作。

经过一番考察，中国空军幼年学校最终选址在四川省灌县蒲村，这里不仅环境幽静，依山傍水，且林木茂密，便于隐蔽。自此，蒲村以“中国空军的摇篮”载入中国空军的史册。

空幼校于1940年秋季开始招生，招收年龄为12至15岁的少年。当年在全国抗战热情的推动下，报考空幼校的学生空前踊跃，虽然大家都知道参加空军随时都有牺牲的可能，但是国难当头，一批又一批的热血少年争先恐后地报名。1940年，空幼校第一期原本只计划招收300名学生，但实际报考的学生达到了两万多名。祖籍北京的空幼学员陆建航说，小时候亲眼看见日本飞机在自己的国土上狂轰滥炸，心中便立志参军，保家卫国。当空幼校在汉中招生时，他便毫不犹豫地报了名。陆建航老人回忆说，当时汉中空幼校报名点，三天之内报名的学生就达到了2000多名，录取率仅百分之一，真可谓是百里挑一。

白崇禧将军在空幼校创办时，带头将儿子白先道送到空幼校学习；李济深将军更是亲自送两个儿子李沛钰、李沛琼到空幼校接受严格的军事训练。在他们的影响下，不仅国内许多家长要送孩子到空幼校，就连海外的许多华侨也强烈要求孩子报考空幼校。许多学生头年没有被录取，第二年又报考，有的连考三年才被录取。来自湖南衡阳的空幼校第二期学生刘泰来的父亲刘子直是一位受过良好教育的乡绅，也是一位满怀抗日热情的爱国主义者，为了培养中国空军的人才，他鼓励四个儿子积极报考空幼校。在老父亲的鼓励下，刘震、刘泰来、刘晓驿、刘忠钰四兄弟凭着为国牺牲的决心和健康的体魄，分别于1941年和1944年，一一考取了空幼校，成为空幼校有名的“一门四小将”，实现了投身空军、报效祖国的愿望。

从1940到1945年，空幼校先后招生6期，学生约2100人。这些从全国各地招收来的学生都是少年之精英、中国空军之未来。

1940年秋季，空幼校在“唯我空军，岳岳英姿；下俯云汉，上接虹霓”的校歌声中开学了。创办之初的空幼校以蒲村大明寺及唐家院子作为校舍，有瓦房也有草房，这也许是世界空军史上的一个奇迹，一个大国的空军幼年军校在灌县蒲村几间简陋的民房中诞生了。蒲阳河做证，就是在这样极其简陋的条件下，中国空军的雏鹰亮出自己的翅膀。

空幼校学制6年，除了正常普通中学的主要课程外，还要多学十几门课程，包括解析几何、微积分、球面三角、有机化学、军用化学、航空、滑翔等。陆建航老先生回忆说：我们这些刚刚懂事的少年，在浓厚的爱国主义氛围熏陶下，从小立志报国，学习刻苦勤奋，废寝忘食。清晨到树林里去背英语，晚上在菜油灯下做作业。除了书本课程外，基本的军事操练都要学，比如结绳、追踪、打旗语、露营、救护、野外生存等等都要求非常熟练地掌握。此外，每周还会有滑翔课，学生可以直接上初级滑翔机实践，还要学习做飞机和滑翔机模型。幼时曾随父亲在空幼校生活过的都江堰画家张学忠回忆说，那些同学凭着对空军的热爱，做的飞机和滑翔机模型非常精美，曾经是他儿时最珍贵的玩具。张学忠先生说，虽然那时年幼，但空幼学生们刻苦学习和勤奋操练的情景一直存留在他心中，晚年他凭借回忆，创作了一批以空幼校为题材的油画作品，获得了美术界的好评。

为了打造中国空军未来的精锐，战时的中国政府是举全国之力保证空幼校的办学，不仅在生活上保证学生们有肉吃、有牛奶喝，还为学校配备了最强的师资，如英文老师劳远培、郭有玉是留美硕士，以大学教授的身份到了空幼校任教；还有资深军事教官、美国西点军校毕业的方丽昭等。除了这些优秀的专业老师，一大批全国知名的专家和学者也到空幼校上课，如音乐家王云阶、武术家张英健、美术家谭雪楷、书法家吴丈蜀、文学家牧野等。

空幼校任教。其中，许多名师与空幼校同始终，有的还把遗骸留在了蒲村。

“风云际会壮士飞，誓死报国不生还。”这是一直悬挂于蒲村空幼校的标语，空幼的师生们正是在这样誓死报国精神的激励下，一边刻苦学习和训练，一边自己动手扩建校舍，修建游泳池，那栋师生们用木头和稻草亲手搭建的学校礼堂，将成为空幼校学生终生难忘的记忆。

空幼校在蒲村办学期间，冯玉祥、白崇禧、张治中、李济深等国民党军政要员曾多次来校视察，美国政要威尔基、苏联大使彼得罗夫、苏联军事总顾问帕尔霍明科等国际友人也曾来校参观访问，对中国在如此艰苦的条件下坚持办学，对学校师生的精神面貌和教学、训练等高度赞赏。一个共同的感觉是，中国空军的未来在蒲村、在空幼校。

中国空军幼年学校在蒲村一共招收6期，2100余人，到他们毕业时抗日战争已经结束，只有少数学生有幸参加了这场伟大的抗战，如空幼一期生陆建航就曾参加了飞虎队，执行过从印度往中国运送物资的任务。

空幼校自蒲村创办到1949年迁往台湾，不到十年的时间，为中国培养了大批空军和航空人才，奠定了海峡两岸的空军和航空基础，如空幼一期学生华锡钧就成长为国际知名的航空专家。更有一大批空幼学生成为科学界、教育界、艺术界、企业界知名专家、学者和高级管理人才。

半个多世纪过去了，蒲村空幼校的莘莘学子都变成了白发老人，不同的命运和景况让他们分散在世界各地，但是共同的记忆让他们都深深地怀念一个地方，那就是蒲村。1990年，在空幼校建校50周年时，居住在大陆、台湾，及世界各地的空幼学生和他们的家属600多人齐聚都江堰蒲阳镇（蒲村），相拥痛哭，泪洒衣襟，共同怀念在蒲村的日子。

距那次相聚又快三十年了，他们当中有些人已相继离世，健在的已都是耄耋之年，他们说，只要想起蒲村，我们就永远年轻。

灌阳十景

《灌阳十景》诗

都江堰原名灌县。清初灌县县令马玑作《灌阳十景》诗，意在用诗的形式言简意赅地向游人介绍灌县的十处景点。其诗如下：

青城描不尽，客赏意何穷。
翠竹窝栖凤，寒潭卧伏龙。
离堆岚锁峡，洞口石生风。
晚渡江沙白，灵岩灯火红。
竹林飞夜雨，圣塔响晨钟。
老人村尚在，不见白头翁。

诗中所写的十处景点依次是：青城山、凤栖窝、伏龙潭、宝瓶口、黑风洞、白沙渡、灵岩山、竹林寺、圣塔寺、老人村。

马玑所处的时代距今已有三百余年的时间了，这些老灌县历史上著名的景点随着时间的推移，有的已经消失，只剩下遗址，如白沙晚渡、灵岩灯火；有的依稀可见当年的风貌，寻踪觅迹，尚能见其一二，如翠竹栖凤、洞石生风；有的锦绣依然，虽然历经岁月风雨，依然是光彩照人，如寒潭伏龙、离堆锁峡。

由于所处年代认识的局限，作者将青城山作为十景之一，虽然列为十景之首，但以今天的目光来看，显然是不够的。青城山很早就有三十六峰、一百〇八景之说，更有厚重的道教文化沉淀和丰富的人文历史，远非一景可以概括，更非几百字的短文能描述，故暂不作介绍。除了青城山，都江堰在发展的过程中更是产生了许多新的景区和景点，这是人所共见的，故今有诗人作《新灌阳十景》，以记其盛，当另做介绍。

笔者在读这首《灌阳十景》诗时，有时沉浸在诗句中遐想，在历史的岁月中游览这些曾经风光过、并为文人津津乐道的景点，心生妄想，如能将这些景点恢复，那该多好啊。掩卷之后又不禁哑然失笑，真是文人说梦啊。

不过，循着马玑《灌阳十景》诗的足迹，用文字去探寻那些已经消失或正在消失的景致，虽不尽准确和完美，倒也不失为一件有意义的事。读者如有兴趣，不妨随我到这些地方去走一趟。

灌阳十景之翠竹栖凤

翠竹栖凤指的是玉垒关至二王庙之间的凤栖窝。栖凤只是一个美丽的传说，而“凤栖窝”这个地方却是实实在在的。很久以前，传说是一只凤凰飞到“凤栖窝”这个地方，见这里山清水秀、翠竹幽深，便在此筑巢栖息，不走了，故名“凤栖窝”。

这个凤凰来了都不想离开的凤栖窝在哪里？

凤栖窝在西关和玉垒关之间的松茂古道旁边。在玉垒山陡峭的悬崖中间有一个马蹄形的凹地，靠山面水，左有玉垒关，右有西关，山上林木葱茏，山下修竹繁茂，四季青翠，鸟语花香，仿佛是人间仙境。站在凤栖窝眺望对岸，远处是玉女峰，一抹黛青，秀色可餐；近处是飞沙堰、金刚堤，岷江从山脚流过，涛声阵阵，浪花朵朵，古堰美景，尽收眼底。

山川形胜，妙不可言；神话传说，令人遐想。

从传说中回到现实，凤栖窝还是都江堰水利工程一个重要的地标。远在李冰修建都江堰时，便选择了在凤栖窝正对的内江河床位置埋下石马，以作为都江堰岁修时的测量基准。如今石马已被铁桩取代，从明朝万历年间埋下第一根铁桩，到现在已先后埋下四根铁桩，每一根铁桩都记载了都江堰的发展和变化。游人在飞沙堰和金刚堤眺望对岸凤栖窝时，尽管时间已经过去了三百多年，但凤栖窝作为马玑笔下的灌阳十景之一，至今风采依旧，且一直见证着都江堰的变化和发展。只要都江堰在，凤栖窝就不会被人遗忘。

灌阳十景之寒潭伏龙

寒潭伏龙就是伏龙观下面的伏龙潭，和宝瓶口、伏龙观是一个整体，共同组成都江堰景区的核心景点。

伏龙又是一个美丽的传说，且版本很多，流传较广且为民间认可的说法是：岷江水中有一条孽龙，不时兴风作浪，危害百姓。李冰为救百姓于水火之中，派儿子李二郎擒拿孽龙。李二郎与那孽龙从江中战到天上，又从天上战到江中，战了九九八十一个回合，终于打败了孽龙。孽龙逃跑，李二郎化作一卖面的婆婆在途中等候，孽龙见路边有婆婆卖面，便要了一碗面条吃。谁知这面条是李二郎用链条变的，孽龙顿时被链条锁拿，囚于离堆下面的深潭之中。擒拿孽龙的地方现在叫“王婆岩”，囚禁孽龙的深潭便被称为伏龙潭。1949 年前，民间一直有往伏龙潭中抛铁链的习俗。

后人为感念李冰父子，将建于离堆之上的“范贤馆”扩建，改为“伏龙观”，以纪念其“伏龙”之功绩。伏龙潭居于离堆两山之间，水深浪急，漩涡四起，夏秋季水流湍急，惊涛拍岸，浪花飞溅。登伏龙观俯视，波涌浪翻，水雾迷漫，山风掠过，寒气阵阵，似有孽龙在潭中挣扎。古人谓之寒潭，倒也贴切。

灌阳十景之离堆锁峡

离堆锁峡就是宝瓶口。宝瓶口不仅是都江堰景区的核心景点，更是都江堰水利工程的三大核心工程之一。李冰当年率百姓凿离堆，开宝瓶口，形成一条宽 20 米、高 40 米、长 80 米的峡口，形如瓶颈，故称“宝瓶口”。宝瓶口为内江灌溉川西平原的引水口，离堆扼其咽喉，控制进入川西平原的水量，夏秋季水流量大时，宝瓶口抬高水位，多余的水由飞沙堰溢洪至外江；冬春季水流量少时，江水尽入内江，保证了川西平原的安全和工农业及生活用水。

离堆原为虎头山之虎趾，凿开宝瓶口之后，内江将虎头山一分为二，虎趾留在右岸，称之为离堆。两千多年来，离堆扼宝瓶之咽喉，成为都江堰渠首之中流砥柱。离堆之上建“伏龙观”，巍峨壮观。伏龙观中有一亭名怀古亭，怀古亭右侧有一小门，门额横书“离堆锁峡”四个大字。入小门便可一览离堆锁峡之壮观美景。

其实观离堆锁峡的最佳位置应当是在南桥上。站在南桥上凭栏西眺，离堆和宝瓶口尽收眼底。江水以汹涌之势从瓶口冲出，一路向你奔来，浪花飞溅，水雾蒙蒙，凉风习习。至傍晚，夕阳金辉从峡口洒落江面，在升腾的水雾中形成斑斓，十分壮观。过去，在离堆下面还有一倒悬的石柱伸入江中，状如象鼻，人称“象鼻子”，远远望去，仿佛大象鼻子在江中吸水，可惜在江水的长期冲击下，已经毁掉。

灌阳十景之洞石生风

洞石生风景点指的是灵岩黑风洞。黑风洞位于灵岩山，在灵岩寺背后。笔者曾十数次上灵岩寺，也多次造访黑风洞。用现在的眼光来看，把黑风洞列为十景之一，怎么说都有点勉强，如果把灵岩寺和黑风洞组合在一起作为一个景点，倒是非常符合灌阳十景之一的身份。

马玑将黑风洞列为十景之一，看中的是“洞口石生风”。直到现在，游人站在黑风洞洞口，面对漆黑幽深的山洞，总是忍不住要往里探望，这时候便感到有一股凉飕飕的冷气从岩石中窜出来，让人禁不住身上要起鸡皮疙瘩。摸一摸洞口的岩石，也是冰凉冰凉的，仿佛那凉风真就是从岩石上冒出来的，任是三伏暑天，也让人顿感寒意。“洞口石生风”看似神秘，实则是洞中冷空气的循环。

据灵岩山上的老人讲，此黑风洞径通山背后的二王庙，是与不是，不得而知，不过这倒是增加了黑风洞的神秘感。对游人而言，越是神秘的地方，人们越是想去探个究竟，但至今我还没有听说有人真的就从黑风洞走到了二王庙。

黑风洞本是一山洞，但凡挨着名山古寺，总会生出诸多传说故事，如青城山天师洞的降魔洞有张天师降妖擒魔的传说，青城后山的神仙洞有神仙浴池的传说。黑风洞自然也不例外。据老人们讲，以前黑风洞时有黑风冒出，只要灵岩山头黑云笼罩，必定要下雨。因此老灌县的人出门，先要看看灵岩山上是否有黑云。黑风洞地处灵岩山，山是灵岩山，石是灵岩石，不生出个“洞石生风”的传说，此山此岩还灵吗？

黑风洞在“5・12”汶川地震中，洞口震塌，洞口两侧的佛像均被震毁。灵岩景区在恢复重建中若是能将黑风洞作为一个探险项目建设，灌阳十景之洞石生风必定重现风采。

灌阳十景之白沙晚渡

白沙晚渡的地点在白沙村，在岷江右岸，离都江堰城区约五公里。

清初的岷江都江堰段是没有桥的，上游藏羌地区的峡谷段一般用一种叫笮的溜索过江，到灌县白沙，江面开阔起来，水流放缓，便有了渡口。往下游走，渡口增多，如马家渡、徐家渡、赵家渡等。在诸多渡口中，为何马玑独取白沙渡为一景，且称之为“白沙晚渡”？要回答这个问题，还得从白沙这个地方的地名地形说起。

白沙这个地方作为渡口已经不存在了，取而代之的是白沙大桥，要用文字复原白沙晚渡之景，只有在晴朗天气的傍晚到白沙河边去走一遭。岷江西来东去，至白沙江面变宽，水流变缓，右岸白沙河从龙溪山上奔流而下，携带了大量沙石冲入岷江河中，长期淤积，在岷江右岸形成了大片沙滩，阳光下白茫茫一片，白沙因此而得名。

旧时出灌州西门，便是历史上有名的松茂古道，是联系藏羌地区的唯一通道，白沙河横亘在途中，往来行人商贾都要在此摆渡过河，方能得以进入藏羌地区，白沙这个地方就成了水陆交通要冲。一时间客栈、茶房、酒肆、商铺林立，人来人往，一片繁荣。邑人董湘琴在他那首著名的《松游小唱》中对白沙有过这样的描写：“行行去白沙，路转西斜。平畴入野望桑麻，舟人自舟，筏人自筏，生涯在水涯。”从诗中可见当时白沙渡口之繁忙。

白沙渡向西是岷江河谷，傍晚时分，夕阳西下，当对岸山野天色暗淡下来之时，山谷中投射过来万缕霞光，洒在岷江河上格外明亮。河面上波光粼粼，白沙滩上银光闪闪，船来舟往，岸边灯火初上，酒肆饭铺，招幡摇曳，一片繁荣，是为一景也。

灌阳十景之灵岩灯火

灵岩灯火之景观在灵岩山上，灵岩山上建有灵岩寺，山因寺而名，寺因山而灵。灵岩山位于都江堰市的西北城郊。讲“灵岩灯火”不能不提灵岩寺。灵岩寺位于灵岩山七星岩下，相传为我国佛教禅宗的名刹，寺中千佛塔尤为著名。千佛塔位于灵岩寺左侧，建于唐开元年间（713—741 年），为石雕覆钵式实心塔。千佛塔通高 3 米，下设须弥座塔基，上置覆钵式塔身。塔身底层直径 2.4 米；凡十三层，各层雕满结枷趺坐佛像；顶层有莲花花瓣和莲座，置铁铸释迦牟尼佛像一尊。灵岩寺在“5・12”汶川地震中损毁严重，而千佛塔幸存。重建后的灵岩寺已被列为国家重点文物保护单位。

灵岩灯火又被人们称为“灵岩圣灯”。相传在灵岩寺背后的山上，每当夏秋之季的晚上，佛祖显灵，万灯朝圣，闪闪烁烁，景象十分壮观。

本土作家何正太先生在写《天府明珠都江堰》一书时，为了弄清楚灌阳十景之灵岩圣灯，就曾数次到灵岩山走访，写下如下文字：灵岩圣灯为灌阳十景中又一景，每当夏秋之夜，灵岩寺外万籁俱寂，在幽暗无边的空谷里，灯火荧荧，或远或近，或明或暗，大如辰星，小如流萤，上下浮游，闪烁不定，神秘莫测，故民间有“万灯朝圣”之说。

其实这是灵岩山森林中因磷火和萤火而产生的一种自然现象，却因灵山名寺和千佛宝塔而成为一大景观。惜乎人类活动的扩展，这一自然景观现在已很难再看到了。

灌阳十景之竹林夜雨

竹林夜雨景观位于都江堰西北城郊的灵岩山前夹山之竹林寺，因竹林寺而闻名。竹林寺原名夹山禅院，因寺庙处于幽深的竹林之中，远远望去，林海茫茫，只见竹林不见寺，后取名为竹林寺。

在中国，以“竹林寺”命名的寺院很多，如徐州竹林寺、烟台竹林寺等，举不胜举，规模较大且都很有名。灌县竹林寺在众多竹林寺中默默无闻，然而其“竹林夜雨”却是别具特色，因而被马玑列为灌阳十景之一。

竹林寺分上竹林寺和下竹林寺，相距不远。下竹林寺在现今林校背后，已不复存在。现竹林寺是在原上竹林寺原址上重建，规模不大，为当地村民所建。竹林寺除建庙子外，还建有庭院和客堂，按当地村民的习惯，现建庙子的地方称下竹林，庭院称上竹林。院中摆设茶座，客堂设有斋饭。笔者曾多次到竹林寺品茗休闲，和当地村民吹牛聊天，多少听到一些有关“竹林夜雨”的传闻。竹林寺四周原来是茂林修竹，一片翠绿。因都江堰地处山口河谷地区，早晚多雨，每至夜晚，暮鼓声中，夜雨悄然而至，洒落在竹林之上。雨大时，如珠滚玉盘，哗哗作响；雨小时，如轻丝慢弦，沙沙一片。若初春细雨，随风入夜，润物无声，至天明，旭阳初照，竹叶上水珠闪亮，翠绿中晶莹欲滴。

竹林寺和山中竹林历经岁月风雨，已不复原貌，但曾经的“竹林夜雨”美景已永远地留在马玑的诗中，留在人们的记忆中。

灌阳十景之圣塔晨钟

圣塔晨钟之景，指的是圣塔寺和圣塔寺的钟声，今已荡然无存。其地点在老灌县的北门外玉垒山间，今新华彩印厂旧址。

圣塔寺俗称大佛寺。说圣塔寺，很多人都不知道，说大佛寺，很多老年人都知道。因一进山门迎面大殿上就是一尊硕大的弥勒佛像，面目慈祥，笑口大开，深得善男信女们的喜爱，故有大佛寺之俗称。圣塔寺属佛教寺院，据说始建于唐代，无据可考，仅为一说，不足为凭。为何圣塔寺的钟声会成为老灌县的一景，这要从圣塔寺的地理位置说起。圣塔寺地处玉垒山余脉，下靠老灌县北门，上邻二王庙后门，居高临下，俯瞰全城。圣塔寺依山而建，山上古木参天，曲径通幽，山间流水潺潺，鸟语花香。真可谓山不在高，有塔则灵；庙不在大，有佛则神。每天清晨，圣塔寺钟声敲响，因其地理位置特殊，钟声响遍全城，整个灌县城都在它的钟声中醒来。久之，圣塔寺的钟声竟成了城里居民们早起的时钟，成了他们生活中的一部分。倘若有一天圣塔寺的钟声不响了，城中居民倒还不习惯了。

民国初年，国民政府禁庙兴学，佛教寺院无一例外地遭受重创，就连川西四大丛林之一的马祖寺、盛极一时的泰安寺都急遽衰落，圣塔寺自然也就由盛而衰，走向没落。虽然圣塔寺的住持了凡和尚在民国时期曾一度担任过灌县的佛教协会理事长，但仍然未能挽救圣塔寺的没落。圣塔寺的最后一名僧人是毗河战争结束后从二十四军退役的一名下级军官，因俗家姓戚，人称戚和尚，新中国成立后还俗。圣塔寺的钟声就此消失。

20 世纪 60 年代初，圣塔寺彻底拆除，后在此地址上修建了四川新华彩印厂。

灌阳十景之青城老人村

提到青城老人村，许多人都以为老人村在青城乡。据说，20世纪40年代，张大千先生在青城山居住时，因慕“老人村”之名，曾请人带路进山探寻未果，成为终生遗憾。其实马玑《灌阳十景》诗中所写的“青城老人村”就在今天汶川县水磨镇。有人要问，那为何马玑将其冠名青城，列为灌阳十景之一呢？原来今天的汶川水磨镇“青城老人村”位置在青城后山，与都江堰的泰安（现为青城山镇）接壤，在20世纪50年代之前一直归灌县管辖，当时叫兴仁场，后划归汶川县管辖。马玑写作《灌阳十景》诗时，老人村还属灌县。

青城老人村从地理位置上看，仍属大青城的范围，青城山自古以来长寿老人多，青城老人村只是一个典型，是一个代表。今青城山下青城乡长寿老人也很多，人称“长寿之乡”。

1954年，灌县学界泰斗余定夫先生翻山越岭到青城老人村考察——当时老人村尚归灌县管辖。余定夫先生在实地察看了老人村后，写下了《重访老人村》诗二首。从诗的题目可知，余老先生是不止一次造访老人村。余定夫先生在灌县教育界和文化界久负盛名，一向治学严谨，诗文所记之事自然可靠。

《重访老人村》诗中有“青城老人村，村中多老人。问年无甲子，时见五世孙”的句子，由此可见青城老人村的长寿老人确实很多，老人村名不虚传。余老先生还在诗中写道：“村中美田园，竹树几回环。溪水碧如玉，四面看青山。桑麻叶旆旆，鸡鸣更犬吠。屋顶有炊烟，到门无苛税。”从诗中我们可知道，青城老人村山清水秀，水碧如玉，不仅风景优美，且民风淳朴，在青城后山的深处，仿佛一人间仙境，既没有自然环境的污染，也没有社会恶习的侵蚀，村民们过着日出而作、日落而息的纯朴生活，自然是健康长寿。如此美景，堪称现实版的世外桃源。

对于青城老人村究竟在什么地方，从宋代起就不断有人在关注和研究，如苏东坡、范成大，直到现代的余定夫先生等。本书有专文对老人村进行记述，此不再赘述。

青城山上道家宴

20世纪70年代末，我有幸在青城山上吃了一顿道家宴，那可是正宗的道家素宴，是由天师洞的道家厨师掌灶制作，一般是很难吃到的。一饱口福之后，终生难忘，至今想起来还口舌生津。

那年我参加了灌县文化馆举办的文艺创作学习班，地点就在青城山天师洞。创作班临结束时，管创作班的王书记说，大家辛苦了，今天晚上聚餐，请大家吃正宗的青城山道家宴席。大家一听，高兴得手舞足蹈。那阵生活没有现在好，即使是开会，伙食也好不到哪里去，所以一般会议结束时都要吃一顿丰盛点的，称之为聚餐。

青城山的道家宴，只是听说过，从没吃过，听说只是在青城山接待外宾或是中央首长来时才有，一般人是很难有机会吃到的。那时候青城山、二王庙、离堆公园等景区都属文教局管辖，都在王书记的领导之下。我们这帮文学小青年就沾了王书记的光，当了一回青城山道家宴的食客。

聚餐在天师洞，因为创作班马上就要结束了，大家早早地就守候在餐厅门口，一边欣赏廊柱和门枋上的楹联，一边等候开饭。餐厅门枋上有一副郑板桥的楹联："扫来竹叶烹茶叶，劈碎松根煮菜根。"这副楹联和当下的环境、心境非常吻合。青城山是道家发祥地之一，天师洞是青城道教开山祖师张天师修炼之地，郑板桥的这副对联挂在此处，真是恰到好处。想张天师当年在此山中烹茗煮茶，潜心修道，恐怕要的就是这种清静无为的生活境界吧。

道家宴摆了满满两桌，十分丰盛，记得鸡有“白果炖鸡”，鱼有“清蒸鲤鱼”，肉有“川芎肘子”等，每张桌上还摆了两瓶洞天乳酒。我们那会儿年轻，看到如此丰盛的鸡呀鱼呀，那个馋啊！且慢，你以为真的就是鸡呀鱼的，那才不是呢。道家宴全是素席，鸡鱼肉全是豆腐、蔬菜弄的替代品，不过那形状做得如真的一般，味道也真是好。其实说好还不足以表达我对青城山道家素宴的称赞，那味道应该叫美妙，妙不可言！就说那“红烧狮子头”吧，那是用豆腐和青城山上的山药煮熟后捏合成团，下油锅炸成金黄色，成外酥内嫩的“狮子头”，淋上红烧汁液，咬上一口，那感觉是只可意会不可言传。

据掌灶的道家师父讲，他的师父当年就曾经给冯玉祥、于右任、张大千、徐悲鸿等名人做过菜，手艺非同一般。他说这话的意思是他的手艺是得了真传的。我们便问他，你又给哪些大人物做过菜，他却笑而不答。一会儿陪天师洞住持过来给大家敬酒，他又忍不住压低声音说：“我给蒋委员长做过菜。”众人大惊，继而大笑。不管是真是假，这师父的手艺还真不错。

青城道家素宴的精妙之处除了舌尖上的美妙之外，更在于它的养生。现代生活中流行的药膳，其实在道家的素宴中早有集成。如“红烧狮子头”中的山药，就有健脾补肺、益胃补肾、长志安神、延年益寿的功效。如“川芎肘子”中的川芎，为本地特产，有活血行气、祛风止痛之功效。再如青城四绝之一的“白果炖鸡”，其白果更是养生护颜、延年益寿的佳品。再加上青城山上道家师父的传统制作方法，青城山上的道家素宴实为上佳的养生之宴。

酒是洞天乳酒，此乃青城山“青城四绝”之一，俗称“茅梨酒”，主要用产自青城山的猕猴桃按青城山道家传统工艺酿造。此酒色如碧玉，浓似乳汁，醇香爽口，回味悠长。诗圣杜甫曾有“山瓶乳酒下青云，气味浓香幸见分”之美誉。我不会喝酒，经不住劝，更经不住那浓郁醇厚的果味酒香的诱惑，竟然也和大家一样一杯一杯又一杯，差点就酩酊大醉。好在那时年轻，身体好，总算挺住了没现丑。

素宴中除了做成鸡鱼状的菜品，还有不少取材于本地山上的野菜，如蕨鸡苔、野山药等，让人既饱口福又饱眼福。

四川人的习惯，宴席到最后都是泡菜下饭，直到现在，不管是在高档酒楼还是一般餐厅，最后上的总是泡菜。在青城山，道家素宴却是一开始就摆上了泡菜，我记得泡菜大概有四种之多，有泡豇豆、泡海椒、泡子姜、泡黄瓜。红色、绿色、黄色搭配在一起，悦人眼目，馋人胃口，拈一片放在嘴里嚼，脆嘣嘣的，香！我敢说，这些泡菜是我吃过的泡菜中最好吃的，到现在，几十年过去了，我还没有吃到过比这更好吃的泡菜，酸甜中有一股挑动味蕾和食欲的奇香。更神奇的是这些泡菜都是泡了一年两年的老泡菜，居然咬在嘴里还脆生生地响。

道家师父介绍说，青城道家老泡菜，以青城山上出产的黄瓜、豇豆、水红辣椒、萝卜、大蒜、白菜、子姜、良姜等为原料，经严格挑选、清洗、晾晒后，放入用山泉水、精盐、花椒等配制而成的特殊汁液中，泡菜坛子也是专门烧制的，选用的是公坛子，用此坛子泡菜可存放数年而色香味不变。泡菜坛子分公母，你听说过吗？你信吗？你不信，我信，有青城山泡菜为证。

泡菜醒酒，泡菜开味，在泡海椒泡姜的配合下，一群年轻人将一桌子素席一扫而光。

因为是道家素宴，平生只此一次，故印象特别深刻，此后就再也没有机会品尝了。几十年过去了，想那做菜的道家师父早已过世，不知他的手艺是否后继有人。

二王庙庙会

农历六月二十四，相传是李冰的生日，这天在都江堰二王庙要举行盛大的庙会，以纪念李冰。

每年的这一天，川西坝子的香客们一早就从四面八方向二王庙聚拢，在“巍貌巍峨”的大殿前虔诚地三跪九叩，为李冰神案添灯加油。来参加庙会的多为乡下中老年信众，近至都江堰河东、河西，远至三州九县。不为别的，只为感谢李冰父子修建都江堰，泽被川西，造万世之福，祈求年年风调雨顺、五谷丰登。

如今的庙会很多，但大多在庙会的招牌下，以“文化搭台，经济唱戏”，将庙会弄得味了变。或唱几句川剧，或摇两下幺妹船，然后就是生意，生意，还是生意。二王庙庙会则不同，完全以祭祀为主。来的人除了瞻仰李冰父子神像外，点蜡、上香、叩拜、许愿，少了几分功利，多了几分虔诚。

六月二十四的二王庙庙会，更多的是群众自发的，不像清明放水节是官办的，但前来朝庙会的人之多，往往出乎所料。每年这天，但见大殿内香火缭绕，人头攒动，大殿外人声鼎沸，摩肩接踵，以致庙前索桥不堪重负，有时候政府不得不采取临时关闭索桥的无奈之举。由此可见都江堰二王庙庙会的盛况。

两千多年前，李冰父子率众凿离堆辟内江，成就天府之国，后世景仰。宋以后，父子二人先后被敕封为王，建二王庙以供奉；清时雍正赐李冰为“敷泽兴济通佑王”，赐李二郎为“承绩广惠显英王”。以水利之功而父子二人同被敕封为王者，在中国历史上是绝无仅有的。

四川自古以来就多自然灾害，幸亏有了李冰父子，有了都江堰，川西平原才有了两千多年的“水旱从人，不知饥馑”的日子。孰料“5·12”汶川地震，二王庙受到严重破坏，政府恤民生、顺民意，花巨资整修加固二王庙，重塑李冰父子金身。其间二王庙庙会中断了几年，如今整修一新的二王庙重新开门迎客，庙会的香火又重新点燃了。

都江堰二王庙庙会始于何年，笔者无考；李冰生日是否是农历六月二十四，史家也多有存疑。但这些都不重要，重要的是老百姓对泽被西川、功追万世的李冰父子念念不忘，就认定了六月二十四这个日子。

六月二十四的二王庙庙会日子又到了，再次怀着敬仰和虔诚的心，手捧一炷香，和众多朝庙会的人一起，恭敬地跪拜在李冰父子神像前，默默地念着：深淘滩，低作堰，六字旨，千秋鉴。

灌县西街和松茂古道

都江堰有条保存完好的古老街道——西街，如今政府按修旧如旧的方式基本恢复了它的原貌，但却难以恢复它古时商贾云集、驼铃声声的繁华景致。

西街位于都江堰南桥北端至玉垒山西关，长不足半公里、宽不过十多米，是一条短而窄的小街道，房屋多为二层木结构建筑，是典型的川西小镇民居建筑。出西街便是著名的松茂古道，昔日的繁华就是从这条窄小的西街起步。

松茂古道也叫茶马古道，在古代是成都平原通往阿坝藏羌地区的唯一通道，起于灌县西街口的西关，经茂县，止于松潘，故称为“松茂古道”。松茂古道和西南地区众多的茶马古道一样，是古时汉族地区和少数民族地区进行物资交流贸易的通商之道。但松茂古道远非一般的茶马古道可比，历史上，松茂古道既是我国西部的一条经济大动脉，同时又是文化交流的主要渠道，曾经在我国历史上发挥过重要作用，被誉为“南方丝绸之路”。

远在两千多年前，松茂古道就已经是成都平原通往川西北高原的主要商贸通道了。那时的松茂古道又叫“冉駹山道”，最早在李冰修建都江堰时，得湔氏之帮助，凿通龙溪、娘子岭至冉駹的山道，打通通往藏羌的山道，故称之为“冉駹山道”。山道狭窄、崎岖，为羊肠小道，故老灌县民间还有将娘子岭称为“羊子岭”的。以前灌县人形容路途艰险、生活艰难就爱比喻为“翻羊子岭”。后经过若干代人的努力，才形成近代松茂古道的线路。

灌县和松潘分别是松茂古道两端的物资集散地，西街，就是这条被称为“南方丝绸之路”的松茂古道的起点。

回望古时的西街，你就会看到，每天天不见亮，西街就人声鼎沸，热闹非常，叫卖声、讨价还价声、骡马嘶叫声、驼铃声、吆喝声和骡马蹄子踏在青石板上的“嗒嗒”声响成一片。西街旁边的“大兴老店”是一家有百年历史的骡马店，是见证西街昔日繁华的百年老店，也是来往客商最集中的地方。每天一拨一拨的马帮从山里运出来的毛皮、药材从骡马背上卸了下来，在这里换成茶叶、盐巴、布匹、药品和金银铜器，顺带还捎上藏区百姓喜欢的灌县玉器。天亮了，一队一队的马帮走出西关，踏上700里松茂古道，随着驼铃声渐渐远去，西街又慢慢恢复了平静，在单调的玉器车削声和敲打铜器的木槌声中等待下一次交易的喧嚣。

西街是松茂古道商贸货物的主要集散地，人员、物资、牲畜在这里要吃要住要存放周转，由此便催生了这里的旅店、餐饮、商铺等日渐繁荣起来，除了酒馆、饭店、茶铺子外，还有专为民族地区生产铜器、玉器的小手工业作坊，烟馆、妓院和赌场也应运而生，给西街抹上了一些灯红酒绿的色彩。

由于灌县是古时进出川西高原的咽喉之地，西街西出的第一道关口便是西关——西关是灌县的老西门，以前又叫“宣威门”；西关前面是玉垒关，由于西门的这两道关隘是西进藏羌地区的唯一途径，所以这里又有“川西锁钥”之称。

出西门便是松茂古道。这条著名的松茂古道如今只剩下从西关到二王庙不足两公里的路程了。遥想当年那些马帮、骡队和背夫们艰难地行走在崇山峻岭的松茂古道上，夕阳西下，驼铃声声，那是怎样动人一幅画面啊。

感谢乡人董湘琴先生在一百多年前用他那支笔为我们留下了“三脑九坪十八关，一锣一鼓上松潘”这样的诗句，为我们勾画出了700里松茂古道的历史长卷。

董湘琴是清末灌县虹口人，川西地区著名的文人学士，精通文史，擅长辞赋。1892年应松潘厅总兵夏毓秀之邀到松潘任幕僚，9月从灌县西门出发，沿松茂古道西行，经汶川、茂县至松潘，一路所见所闻，山川形胜，风土人情，尽收笔端。700里松茂古道上的风土、人情、景物栩栩如生地展现在读者面前，是松茂古道上一幅用诗句织成的“清明上河图”。

“第一程江山雄构，大江滚滚向东流。恶滩声，从此吼。灵岩在前，圣塔在后，伏龙在左，栖凤在右。”读着这样的诗句，就仿佛行走在百年前的松茂古道上。董湘琴先生的《松游小唱》百年来在松茂古道沿线地区广为传诵，至今仍在民间盛传。董湘琴先生可以说是古“南方丝绸之路”的文化传播者和交流者。

随着成阿公路的修建和开通，松茂古道上的驼铃声和马蹄声日渐消失，松茂古道也渐渐被荒草掩埋，最后的马帮驮队的身影也悄然进入历史的画册，定格在西街口的壁画上。

如今的西街和仅余两公里的松茂古道上游人如织，但行走的人不再是马帮和背夫，要想再看看昔日西街和松茂古道的繁华，只有在西街口的壁画上去找找感觉了。

走进都江堰文庙

几十年来，每每走过文庙街，翻过文庙山，看见那斑驳墙体的万仞宫墙，听见宫墙后面操场上传来下操的口令声，心里就在想，什么时候能够恢复文庙呢。山是文庙山，街是文庙街，空有其名。其实文庙就在我们眼前，民国初年，这里就被改作了学校。当年的县立中学，后来的灌县中学，再后来的都江堰中学就在这里。比起其他地方的文庙，都江堰的文庙被改作学校还算是幸运的。虽然贵为“至圣先师，万世师表”的孔夫子几十年居无定所，但在这几十年间，数以万计的学子在这里求学，也算“庙有所用”，合乎“庙学”的目的。

重修文庙，这是都江堰老百姓很久以来的愿望。“5・12”汶川地震之后，都江堰进行震后恢复重建，政府顺应民意，将都江堰中学外迁，重建文庙。历经数年的建设，一座新的文庙展现在世人的面前。2012 春季，都江堰文庙正式对外开放。

全国文庙众多，著名的如被称为“国庙”的曲阜孔庙，还有浙江衢州的南宗孔庙、北京的孔庙等，但就县级文庙而言，我认为都江堰的文庙是值得一书的。一是它历史悠久。据灌县县志记载，都江堰市文庙始建于五代时期（907 年前后）。二是占地面积和建筑面积比较大，至少在川西地区的文庙中位居前列。其三是文庙的建筑群依山取势，由东向西，由低到高，层层递进，至大成殿，有居高临下之势，与文庙山上的魁星塔相映生辉，彰显其魁星之气。

从第一次跨进都江堰文庙的大门，到今天已不知来过多少次了，每来一次，总有新的感受和收获。

新的都江堰文庙是在以孔氏后人孔祥林为荣誉会长的中国孔庙保护协会的协助下，依清代孔庙旧制在原址重建而成。恢复重建的文庙占地面积达2万多平方米，建筑面积达到5000多平方米，是目前川西地区规模最大、建筑最完整的县级文庙。

走进文庙，首先见到的是万仞宫墙，面对宫墙，顿时令人肃然起敬，继而仰视。特别值得庆幸的是，都江堰文庙虽经半个多世纪的办学，期间经历无数次改扩建，然作为文庙标志性建筑的“万仞宫墙”却完整地保留了下来。一天又一天，一年又一年，众多的学生就在这万仞宫墙前的操场上操练，借助这道墙，莘莘学子才感受到文庙和文庙精神的存在。“5·12”汶川地震中，“万仞宫墙”虽遭到严重损坏，但根基尚在，重建中，完全按旧制旧貌而建，修旧如旧，将“万仞宫墙”几百年的岁月沧桑保存了下来。伫立“万仞宫墙”前，抚摸墙面，犹如触摸到了文庙的千年历史沉淀，令人感慨。

正对“万仞宫墙”的是棂星门，庄严而神圣，步入此门，顿感文气袭人。过棂星门便是泮池和泮桥，泮池和泮桥为文庙最久远的规制建筑，《诗经》中就有“思乐泮水，薄采其芹”之说。古时科考时，学生均要过泮桥前往大成殿去拜孔，称为“入泮”，可见其历史久远。都江堰文庙的泮池和泮桥是文庙中唯一仅存的原物，台阶和桥面磨损的石块，是万千学子步履的见证，弥足珍贵。怀着虔诚之心踏桥而过，心中细细体会众多学子过桥拜孔的心情，感慨良多。

过桥拾阶而上，便是文庙的中枢大成殿。重建后的大成殿巍峨壮观，重檐叠彩，飞檐凌空，气势非凡。大成殿是文庙中奉祀孔子神位的主殿，在封建时代，也是知识分子设馔祭孔的场所。每年春秋两季，本地的主要官员，都要到文庙行“释奠”礼。学童入学和青年考中秀才后，也要到文庙行“释菜”礼。所以大成殿是文庙的核心。笔者自认为也是读书人，且家中父母均为教师，亲友中从教者比比皆是，对“万世师表”的孔夫子自幼就既敬且畏，尊崇有加。几十年之后方有幸在文庙大成殿叩拜至圣先师，也算今生不悔。

大成殿和大成殿前的广场是每年春秋两季举行祭孔大典的地方。据文庙负责人邓世謇先生介绍，都江堰文庙是目前国内唯一一个完全按传统祭孔日期——上丁日——祭祀孔子的地方。上丁日是干支纪日法中每月的第一个丁日。干支纪日法是中国农历中使用天干地支记录日序的方法，干支是天干和地支的合称。中国古时的祭孔就是在上丁日举行。从2013年开始，都江堰文庙已成功坚持沿用传统祭祀日期祭孔。而包括北京孔庙国子监、山东曲阜孔庙和台北孔庙等在内的国内孔庙，是在9月28日孔子诞生日祭孔，而该日期是否真正为孔子诞辰还有待学界定论。所以都江堰文庙的春秋两季祭孔在全国的孔庙活动中都具有特殊的意义。

2014年9月3日，笔者有幸参加了都江堰文庙秋季祭孔大典的盛会，亲身感受了祭孔大典的庄严和神圣。上午9时，随着一百〇八通鼓点的敲响，由北京大学中文系教授、北京大学文化资源研究中心主任、著名国学家龚鹏程带领的七位祭官依次步入文庙大成门，祭祀大典正式开始。据都江堰国学会会长李玉堂先生介绍，都江堰文庙祭孔大典在仪程上是按照光绪年间（1875—1908年）编撰的《灌县志·祀典》中记载的规制和程序来设定的，同时参照了明代《頖宫礼乐疏》中的有关记载，并进行改进，增加了分献礼等仪程，使大典的仪式更符合传统且更加完善。

由于都江堰文庙的祭孔大典在仪式上保持了传统，在内容上更加丰富和完善，并增加了“六艺”“拜师礼”等仪式活动，不仅吸引了大批游人参观，而且山东曲阜孔子研究院院长杨朝明教授等专家，以及全国各地的孔庙人士也赶来观礼。都江堰国学会会长李玉堂介绍说，都江堰文庙不仅具有祭祀孔子的礼仪功能，还传播和普及国学知识，提高大家对传统文化的认知水平；开展“六艺”活动，普及“六艺”知识，恢复并演示古代婚礼、冠礼、乡饮酒礼、射礼、祭礼、雅乐、佾舞，全面开展六艺之教，且寓教于乐，让年轻人在娱乐中潜移默化地传承我国优秀的传统文化，这是都江堰文庙祭孔活动的特色。

文庙大成殿两侧还建有名宦祠、乡贤祠，但凡在本地任职而勤政爱民、业绩卓著者，可入名宦祠；本土人士才高德勋、多行善举者，可入乡贤祠，接受后人祭祀。如凿离堆而建都江堰的李冰，如建“石室”而开四川教育先河的文翁等入祠，受乡人崇拜，为文庙增光添彩。

漫步在都江堰文庙，这里的一草一木、一砖一石，仿佛都浸润着文气，天地氤氲，让人尽脱凡俗之气。

上元场和上元宫

老灌县（今都江堰市）的中兴乡有个叫上元场的地方，就是今天的都江堰市中兴镇上元村。说是场，其实只是个有半条街的村子，旁边有座庙子，叫上元宫。可以肯定地说，上元场就是因上元宫而得名。上元宫据说修建于唐代，具体的年份已无从考证。据说唐时青城山的佛道两家争地盘，闹得不可开交，甚至闹到了朝廷，最后由唐皇颁旨，山中归道，山外归佛。道家就趁势在青城山扩展地盘，不仅在山中修建了大量宫观，在山脚下也先后修建了许多规模不等的宫观，上元宫大概就是在那时修建的。上元宫几经兴废，到 1949 年后改建成小学校，叫上元宫小学。

上元场和上元宫虽然小，在灌县河西却曾一度热闹非凡，场口那棵百年老麻柳树如今依然枝繁叶茂，它见证着上元场和上元宫的兴衰。

外婆家住上元场，我童年就是在上元场长大的。七岁发蒙，在上元宫小学读一年级。

上元宫建在青城山北面山脚，距青城前山山门约二三公里处，从这里的小路往青城山上走，经九龙庵、圆明宫等庙宇，半个多小时就可到达天师洞。小时候在外婆家玩，和小伙伴们结伴上青城山，就喜欢走这条小路上山。

上元场因建有上元宫而得名，场虽然小，名气却大。听外婆讲，每年正月十五，上元宫都要举行庙会，张灯结彩，锣鼓喧天，四乡八邻的老百姓都喜欢来朝会，有耍龙灯的、唱戏的、说耍书的、卖风车车的、扯响簧的、转糖饼儿的、卖兔灯牛灯猪灯的，更多的是日杂百货交易，小小的上元场从场头到场尾，挤得个水泄不通。到了晚上还要在上元场街上放焰火、耍龙灯、点猪灯牛灯兔灯。外婆说，晚上的龙灯才好看哦，不像现在的龙灯，斯斯文文的舞几下。正月十五那天，天气还冷，上元场耍龙灯的都是些精壮汉子，大冷的天全都赤裸着上身，把个龙灯舞得呼呼生风，从场头耍到场尾。街两边全是提着灯看热闹的人，人群中就有人用竹筒灌着火药和铜钱往耍龙灯的人身上喷，不时有铜钱粘到耍龙灯人的身上，烫得耍龙灯的人哇哇大叫，不停地跳，观看耍龙灯的人乐得哈哈大笑，热闹得很。乡俗规定，这些喷洒出去的铜钱就是给耍龙灯人的打赏钱，观看的人是不能拣拾的。

乡下人都知道，过了正月十五，这年就算过完了，走人户也走得差不多了，就像外婆的口头禅“年过十五，有肉不煮，有客来，酸菜打豆腐”，意思是正月十五过了，这年就算过完了，家里的腊肉之类的就要收拾起来，留待农忙时再吃；有客人来走亲戚，弄点酸菜煮豆腐就把客人打发了。这上元场正月十五的庙会算是本地大年中的最后一个节日，大家都想抓紧时间好好地耍一天，该买的买，该卖的卖，然后该干啥干啥，要收心了。所以上元场的正月十五庙会，庙小，庙会却是热闹得很。

上元宫既名“上元”，自然和中国传统中的上元节有关系。史书载，上元节又叫元宵节，据说源于道教“三元”说。道家有三官，天官、地官、水官，三官的诞辰分别为农历的正月十五、七月十五、十月十五，这三天分别被称为“上元节”“中元节”“下元节”。天官喜乐，故上元节要燃灯、猜谜、游戏，后来又衍生出物资交流、美食、戏曲等内容。上元宫虽然不大，但庙会却是热闹非凡，听外婆讲，经常有两个以上的戏班子在上元场搭台唱对台戏，锣鼓喧天，热闹得很。

上元宫庙子虽然不大，但香火旺盛，常年有朝青城山的香客到这里来添油上香。民国初年，政府禁庙兴学，上元宫的香火逐渐稀少，到后来改作学校，但仍有道士在庙中居住。20 世纪 50 年代末，我在上元宫小学读一年级时，庙中还有香火。依稀记得上元宫大殿两侧的塑像还在，只是用晒簟围起来了，老师虽然一再叮嘱不许看，我们下课时还是忍不住要偷偷掀开晒簟一角，看那几个满身都是灰尘的神像。塑的是什么神不知道，只晓得手中持有不同的武器，有的膀子断了半截，有的脑袋裂了一块，样子怪吓人的。记得那时宫中也还住有两个道士，不过已经是上元村的社员了，平时还要和社员一起下地干活，挣工分吃饭。不同的是他们仍然梳着发髻，戴着青纱帽，让人一看就知道是道士。

打我记事起，上元宫已经没有庙会了，但每到正月十五那天，上元场还是要热热闹闹地耍龙灯、放孔明灯，各家也要给小孩做各式各样的猪灯、牛灯、兔灯，点亮了提着在街上走，家家都吃汤圆、放鞭炮。

上元宫小学后因房屋破损，政府在一路之隔的老麻柳树旁边新建了上元小学。

上元宫没有了，上元场还在，只是正月十五热闹的上元宫庙会已成了上元人心中遥远的记忆。

都江堰的铁军路和文斌路

在都江堰的地图上，有两条路一直烙印在都江堰人的心中，这就是铁军路和文斌路。以部队的英雄称号和英雄人物的名字命名道路，这在都江堰的历史上还是第一次。

故事还得从“5·12”汶川地震说起。

2008年5月12日，一场特大地震袭击了都江堰。山崩地裂中，都江堰陷入了空前的劫难，到处是倒塌的楼房，到处是呼救声和哭喊声，水电气通讯光纤全部中断，人们在不断袭来的余震中感到一种末日来临的惊恐和无助。

铁军来了！

在不断开进都江堰的救援大军中，上百辆披着野战装束的战车轰隆隆地开了进来，一面鲜艳的红旗飘扬在都江堰玉堂镇二环路上，上面写着四个大字：铁军来了！铁军军旗下是威武的铁军战士。

铁军来了！铁军来了！一面面“铁军来了”的红旗从市中心插到各个乡镇，铁军像一根神奇的“定海神针”，一下子就给都江堰人民带来了抗震救灾的希望、勇气、镇定和力量。人们纷纷到铁军驻地看望这支英雄部队，在铁军军旗下和威武的战士拍照留念。

这是一支参加过北伐战争和南昌起义的英雄部队，在接到抗震救灾命令后，先头部队昼夜兼程，不到 24 个小时就从千里之外赶到了都江堰。在不到三天的时间里，11000 多人和上千辆军车就完成了 1200 公里的跨战区机动，第一时间投入到抗震救灾的战斗中。

铁军官兵在参加都江堰抗震救灾战斗中留下了许多让人感动的镜头。

在都江堰市幸福小区实施救援时，面对一栋已经一半塌得只剩下两层、另一半严重倾斜、残垣断壁在余震中随时可能倒塌的危楼，铁军教导队官兵个个争着往上冲。当铁军领导决定组织 10 名敢死队员进到楼内救援时，刘政委说"不是独生子女的请举手"，在场的 273 名战士竟全部举起了手，现场的群众感动得热泪盈眶。

在参加打通都江堰至汶川生命通道的战斗中，铁军官兵冒着随时都在坍塌的悬崖和泥石流，在飞沙走石中开路前进，挺进震中映秀镇，给震中灾区人民送去生的希望和勇气。当得知震中映秀镇成了一座急待救援的"孤岛"，数千灾民急需食品、药品时，铁军立即组织了 800 名官兵，肩扛背驮，沿着崎岖艰险的泥泞山路，冒着大雨和余震，昼夜不停地抢运。战士谢玉勇连续两天两夜背粮送药，又累又困，两腿一打软，便向深谷滑去。紧急中，他一把抓住一棵小树，另一只手拽着背囊不放。连长焦急地大喊，快扔背囊，但他死死不肯松手，直到大家把他拉上来。有战友说，这个时候还不扔东西，你不要命了。谢玉勇说，这是灾民的救命粮，说什么我也不能扔！连续三天的突击抢运，硬是把 1200 箱药品、230 顶帐篷、1320 箱食品、1400 多公斤大米送进了映秀镇。

铁军官兵在抗震救灾中个个都是英雄好汉，他们不仅流血流汗，有的甚至为抗震救灾献出了自己年轻的生命。武文斌就是他们中杰出的一名战士。

武文斌1982年10月出生，河南省邓州市张村镇人，生前是济南军区铁军某炮兵指挥连士官学员。“5·12”汶川地震发生后，他和战友们昼夜奋战在抗震救灾第一线。他参加过转移群众、搜救失事直升机等重大任务。2008年6月17日傍晚，在都江堰胥家镇受灾群众安置点劳累了一天的武文斌还没来得及休息，听说安置点又运来了一批板房材料等着卸车，时间不等人啊，安置点的灾民正等着这批板房安身呢。武文斌和连队70多名战友顾不上休息，立即投入活动房板材的卸车任务，连续奋战，直到8车板房材料全部卸完。

2008年6月17日，年仅26岁的战士武文斌终因劳累过度，倒在了抗震救灾第一线。

都江堰灾区十多万人民群众满含热泪自发地为英雄送行，场面感天动地。

时任中央军委主席胡锦涛签署命令，授予武文斌同志“抗震救灾英雄战士”荣誉称号。某集团军党委给武文斌同志追记一等功，并追认为中国共产党正式党员和革命烈士。

“2008年感动中国十大人物”在授予武文斌荣誉称号的颁奖词中这样写道：“山崩地裂之时，绿色的迷彩撑起了生命的希望，他竖起了旗帜，自己却悄然倒下，在那灾难的黑色背景下，他26岁的青春，是最亮的那束光。”

都江堰人民永远铭记，一支英雄的部队在他们最困难的时候，用鲜血和生命在拯救他们；一名铁军战士在他们最需要帮助的时候，用他年轻的生命在换取灾区人民的幸福和安康。都江堰人民要用最好的形式来感激和怀念这支英雄的部队和它的英雄的战士——铁军和铁军战士武文斌：他们将铁军在都江堰驻扎地玉堂镇的一条路取名“铁军路”，将英雄武文斌牺牲的地方胥家镇的一条路命名为“文斌路”。

从此，铁军和它的英雄战士就和都江堰人民永远在一起。

茶坪村访古

茶坪村在青城后山，属四川都江堰市大观镇茶坪社区，以前属都江堰市两河乡，两河乡并入大观镇后归属大观镇，从都江堰市区西出十多公里即可到达。久有探访茶坪的愿望，一是因为少年时曾在此生活过几年，二是茶坪这个地名的来历有厚重的历史故事，一直吸引着我。

2018 年春上，终于按捺不住独自一人上了茶坪村。

从大观翻山至味江便是茶坪，过桥右拐是俗名两河口的地方。味江从泰安奔流而下，至两河口处与从麻岩子流出的河流在此汇合，汇合处有一地势较为平坦之处，便是以前母亲执教的两河口小学，我亦在此读过两年书。为打捞记忆，先到两河口小学旧址探望，走拢一看，原先掩映在林木之中的学校四合院早已荡然无存，取而代之的是一幢幢别墅，豪华倒是豪华，却破坏了山野的清静和纯朴，也弄丢了我少年时的记忆。带着些许的遗憾离开两河口顺流而下，拐两个弯便到了茶坪村。

村名茶坪，自然是和茶有关。茶坪村在当地又叫土锅村，这里自然条件得天独厚，水土肥美，自古以来就盛产茶叶，是有名的青城茶产地之一。历史上著名的王小波李顺起义就发生在这里，王小波就是土锅村村民。当然，这并不是茶坪村之所以叫茶坪的原因。茶坪之所以叫茶坪，是和一个在青城山得道的高道范长生有关。

范长生（218—318年），汉末著名的青城天师道领袖，“蜀中八仙”之一。范长生名延久，又名重久，字元，四川涪陵丹兴（今重庆市黔江区）人，西晋时曾任大成政权丞相，封为天地太师、西山侯。西山即今青城山。为什么说茶坪村的地名和范长生有关呢？原来范长生曾在土锅村的这个地方搭茶棚设茶讲学，教化山民。

范氏一族原是涪陵丹兴的豪门，范长生生于汉献帝建安二十三年（218年），时值三国时期，汉室衰微，群雄割据，战乱不已，范长生的青少年时代，目睹连年纷争战乱，百姓苦不堪言，深感痛心疾首。范长生30岁时，适逢家乡涪陵郡民众造反，公元248年，蜀后主派车骑将军邓芝率兵征讨，将涪陵郡的老百姓造反平定后，为免再生事端，蜀后主依诸葛亮策，将涪陵五千余户强行迁往成都及周边地区，以便辖制和开发川西，其中即有范长生一家。其时由张道陵创建的“天师道”在青城山及川西一带盛极一时。饱受战乱和迁徙之苦的范长生，也加入了天师道，长期住在成都西山（青城山）。范长生聪慧好学，精研道教，博学多才，仗义重信，在住持青城山道观时，大力修葺道观，广植茶桑，建桥修路，深得天师道众教徒的敬服，逐渐被拥为成都一带天师道的领袖。

蜀朝廷慕其名，数次欲延聘入朝，范长生皆不就。

西晋太安二年（303年），入蜀流民因不满苛政而举义起事，李特率汉中流民起义军队攻入成都。范长生作为曾经的“流民”，对流民起义军十分同情，亲自出山，以其天师道领袖的声望，为其筹集粮秣，招募兵马，给予了李氏队伍有力的支持。李特之子李雄在成都建立政权，国号大成，因敬慕范长生的才德和威信欲让位于范长生。范长生坚辞不受，仍然回到青城山修道。

范长生虽退隐山林，却并非不问政事民生，一生饱受战乱和苛税重徭之苦的他，真心希望老百姓能过上安定、富足的生活。他利用自己在道教方面的巨大影响力，一方面力劝大成政权的李雄“休养生息、薄赋兴教，切莫穷兵黩武”，一方面在青城山道观设茶寮讲学布道。蜀汉末的涪陵移民有“千家依青城”之说，意思是有很多涪陵移民入蜀后迁到青城山一带居住。涪陵移民入川西后，在融入当地社会中屡有矛盾纠纷，不断发生摩擦，久而久之，这里的山民茶农民风强悍，屡生事端。而每次事端之后吃苦受害的都是百姓。范长生担心移民再惹“涪陵之祸”，于是便在青城山道观设茶寮讲学布道，用道家的“清静无为”思想来教化民众，以达到“无为而治”的目的。

青城山种茶制茶的历史悠久，土锅村一带几乎家家种茶，许多人家更是以种茶贩茶为业，形成别地少有的专门以种茶为生的茶农。饮茶之风在青城山一带非常流行。范长生本是涪陵移民首领，后又成为青城天师道领袖，青城山及川西民众对范长生由敬佩而崇拜，进而发展到顶礼膜拜，对范长生的讲学布道是热情有加，听者日众。道观茶寮不够用了，范长生就在青城山味江之畔的土锅村择一平坦宽旷之地搭茶棚，每月朔望两日以吃茶摆龙门阵的形式来宣传他的道学思想和治国理念。

据说成都和川西地区茶馆林立，吃茶之风盛行，在茶馆中吃茶摆龙门阵的遗风即以范长生茶坪设茶棚布道讲学为肇始。此说是与不是并不要紧，但当地民众对范长生设茶棚讲学却是非常敬重和思念，为纪念范长生在此设茶棚讲学传道，当地人便将土锅村改名叫茶坪。

范长生在青城茶坪设茶棚讲学布道，教化民众，使当地民风为之大变。在范长生“清心寡欲，敬天爱民”和“休养生息、薄赋兴教，切莫穷兵黩武”的劝导下，大成政权宽政爱民，轻徭薄赋，建官学，兴文教，端风化，罚不妄举，刑不滥及，恩威远播，虽地处一隅，却一度繁荣兴盛。

时光一闪而过已经一千多年了，站在味江河畔眺望，早已不见范长生当年的茶棚子，而“茶坪”二字却永远留在了青城山上。

第三辑·青城老人村寻踪

苏东坡，桃源还看老人村

《桃花源记》作为中国文学史上的一篇名著，其文学价值和地位是无可争议的，但文章中描写的人间仙境桃花源，很早就有人提出质疑。较早对桃花源的真实性提出怀疑的是唐代韩愈，他在《桃源图》诗里开笔就写道："神仙有无何渺茫，桃源之说诚荒唐。"因为陶渊明笔下的桃花源实在是太美了，给人的印象是此景只应天上有而世间无，以致后来人们称那些虚幻的美景为"世外桃源"。韩愈根本不相信有桃花源的存在，但是他没有提出任何说明桃花源不存在的依据。《桃花源记》的作者陶渊明也在文章最后来一句："南阳刘子骥，高尚士也，闻之，欣然规往。未果，寻病终。后遂无问津者。"更是给这个桃花源蒙上了一层神秘的色彩。

苏东坡是第一个以青城老人村为例，否定桃花源存在的人。苏东坡欣赏《桃花源记》的文采，赞美桃花源，但认为那只不过是诗人笔下一个理想的社会而已，而真实存在的如青城老人村，那才是真正的人间仙境。

苏东坡在《和桃源诗序》中说："世传桃源事，多过其实。考渊明所记，止言先世避秦乱来此，则渔人所见，似是其子孙，非秦人不死者也。又云杀鸡作食，岂有仙而杀者乎？"接着便举例说“蜀青城山老人村，有五世孙者。道极险远，生不识盐醯，而溪中多枸杞，根如龙蛇，饮其水，故寿。近岁道稍通，渐能致五味，而寿益衰，桃源盖其比也欤。”

苏东坡在文章中说的意思是，在四川青城山那里有个老人村，据说村中长寿老人很多，很多人家都是五世同堂。长寿的原因是那里十分偏远，道路极其危险遥远，那里生活的百姓不知道盐和醋，而且溪水中有很多枸杞，枸杞树的根须弯弯曲曲地浸泡在水中，喝了那里的水就会长寿。近些年道路稍微通畅，逐渐能够接触日常的盐醋等调味品，故而寿命减短，所以就和外面的人寿命差不多了。

苏东坡时为北宋文坛领袖之一，政界显要，诗词书画名满华夏，其言一句，其文一字，皆有举足轻重的分量。故对《桃花源记》这样的文章所记内容提出质疑，其所举青城老人村事例非经实地考证，断不敢轻下结论。

苏东坡笔下的青城老人村在青城山无疑，但在青城山什么地方呢？

苏东坡是宋时四川眉州（今眉山市）人，嘉祐二年（1057 年）进士，与其父苏洵、弟苏辙并称“三苏”。苏东坡年轻时即遍游四川名山大川，对青城老人村早有耳闻。嘉祐元年（1056 年），即苏东坡出川应试的前一年，苏东坡就游历了都江堰、青城山。此时的苏东坡尚未成名。嘉祐二年，苏东坡以一篇《刑赏忠厚之至论》获得主考官欧阳修的赏识，名动京师。当年其母病逝，苏东坡回眉州为母亲守孝两年，其间再游都江堰、青城山。宋英宗治平二年（1065 年），苏东坡父亲苏洵病逝于京城，苏东坡和弟弟苏辙扶柩回四川老家眉州安葬并守孝三年，其间再次游览了都江堰、青城山。其后苏东坡就再也没有回过四川了。苏东坡在游览都江堰、青城山时，曾造访了传说中的青城老人村，其位置在什么地方呢？应在青城后山。

为什么说苏东坡造访的老人村在青城后山呢？

其一，苏东坡在《和桃源诗序》中说：“世传桃源事，多过其实。”接着便举青城老人村这个地方为例，说“蜀青城山老人村，有五世孙者。道极险远……”在青城山“道极险远”者一般都在青城后山，而不会是前山一带道路比较通畅的地方。青城后山“道极险远”而又极具“桃花源”特点的地方当数熊耳山、何家厂一带。从五龙沟出发，沿沟小路道路崎岖，曲折迂回的栈道穿行在悬崖绝壁之间，且路越来越窄，脚下是沟壑中咆哮的流水，头上是遮天蔽日的原始森林。正在“山重水复疑无路”时，沟口一道光亮，眼前顿时豁然开朗，有田园农舍，炊烟缕缕，鸡鸣犬吠，桃红李白，真正是陶渊明笔下“柳暗花明又一村”的景象。而今这里已正式取名为“又一村”，成为青城后山的一著名景点了。

其二，苏东坡好友张子愚隐居青城后山白云溪，号白云居士，曾和苏东坡有约，他日苏东坡归隐山林，就到青城山白云溪隐居。虽然此后苏东坡未能践约隐居青城，但之前苏东坡与其父亲苏洵就曾到过青城山白云溪。苏东坡在为张俞所作《张白云诗跋》中说：“张俞，少愚，西蜀隐君子也。与予先君游居岷山下……”岷山下，即指青城山。宋时把今天岷山、青城山统称为岷山。清张诚在《游青城山记》中说：“青城山去灌县治四十里，杜光庭以为岷山第一峰。按《汉志》，岷山在蜀郡湔氐西徼外，今松潘北生番界。宋晁氏谓，蜀以近江源者通为岷山，青城其第一峰。”苏东坡在其诗《送运判朱朝奉入蜀》有云：“我在尘土中，白云呼我归。我游江湖上，明月湿我衣。”白云即指白云居士张俞。青城后山现还有白云群洞、白云古碾等遗迹 。

其三，苏东坡游青城山访老人村，绕不开世居青城后山老人村的宋时青城何氏。史称：有宋一代，青城何氏，耕读传家，书香继世，品行优良，人才济济，名满天下，荣耀当朝。何氏族人中“何敏孝悌躬亲，子孙诗书不绝，科场顺利，连登黄甲”。民国《重修灌县志》载：“（何）敏诸孙七人登科，而（何）涣遂为天下第一。”宋时，青城何氏族人与当时的社会名流、文人雅士多有交往，常邀他们到青城后山老宅诗酒唱和。南宋范成大、陆游等到都江堰、青城山，也曾到青城何氏宅院游览。范成大在《何同年书院》一诗中写道：“竹色侵晚帙，泉声漱嵌根。试通丹灶路，应到老人村。”青城何氏世居青城后山熊耳山、何家厂，范成大诗中的老人村就在青城后山何家厂、熊耳山一带。而苏东坡笔下的老人村也应该就在青城后山。

苏东坡在文章中说 老人村“溪中多枸杞，根如龙蛇，饮其水，故寿”。而青城后山正有一条名“味江”的河流，味江之水十分甘美，《槐轩杂著》中记载：（青城山）“西北有味江，泉洌而甘，明藩以之酿酒。”《蜀州图经》云：“昔蜀王征西番，野人献壶浆。王使倒入江中，三军饮江水尽醉，故名。”味江水现在也是很纯净，在一千多年前，当然是十分甘美了。

至于苏东坡文章中所说老人村的人长寿是“生不识盐醯”，可能观察有误，宋时，盐、铁、茶等物资是官方专营，管控很严，盐对偏僻闭塞交通不便的老人村来讲自然是十分金贵，盐稀缺，但不是无盐，纯粹无盐岂能长寿？青城后山一带很早就有开采井盐的，至今还有“盐井沟”的老地名。少盐而长寿，正符合“少盐低糖”的现代健康理念。

关于青城老人村的记载，苏东坡在他的《东坡志林》和《艾子杂说》等书中均有提及，就不在此赘述了。

范成大：江声随马入青城

宋淳熙四年（1177 年），范成大从四川制置使（知成都府）任上离职返乡，行前专程到永康军（今都江堰市）游都江堰、青城山，拜访何子方，然后从成都出发，经岷江、长江乘船而下出川，此间写成《吴船录》。书名“吴船录”，取自杜甫“门泊东吴万里船”之句。《吴船录》成为范成大一生中最重要的作品之一。

范成大（1126—1193 年），字至能，一字幼元，早年自号此山居士，晚号石湖居士，平江府吴县（今江苏苏州）人，南宋名臣，著名诗人。

宋高宗绍兴二十四年（1154 年），范成大登进士第，先后多次出任地方各级官职。宋淳熙元年（1174 年）任四川制置使，淳熙四年（1177 年）离任。淳熙五年（1178 年），拜参知政事，晚年退居石湖，加资政殿大学士。绍熙四年（1193 年）去世，年六十八，追赠五官，后加赠少师、崇国公，谥号文穆，后世遂称其为“范文穆”。范成大素有文名，尤工于诗。他从江西派入手，后学习中、晚唐诗，继承白居易、王建、张籍等诗人新乐府的现实主义精神，终于自成一家。风格平易浅显、清新妩媚。其诗题材广泛，以反映农村社会生活内容的作品成就最高。与杨万里、陆游、尤袤合称南宋“中兴四大诗人”。其作品在南宋末年即产生了显著的影响，到清初影响更大，有“家剑南而户石湖”的说法。著有《石湖集》《揽辔录》《吴船录》《吴郡志》《桂海虞衡志》等。

范成大在四川任职期间，素闻青城老人村之美名，久欲访之，这次趁离职返乡之际，专程去青城老人村拜访老友何子方，并写下《何同年书院》一诗。

竹色侵晚帙，泉声漱嵌根。
试通丹灶路，应到老人村。

此行在范成大的《吴船录》中有详细记述。

何子方何许人也？范成大为什么要到青城老人村拜访何子方？

何子方是青城何氏第十代祖，世居青城县（今都江堰市）青城后山。何子方少有文才，南宋高宗绍兴二十四年（1154年），与范成大、杨万里一起考中进士，所以范成大称何子方为同年。何子方曾任四川雅州（今四川雅安市）太守，与范成大、陆游等同为好友。范成大早就听说何子方家乡青城老人村山清水秀，人皆长寿，故早就想造访青城老人村，只是因公事繁忙，一直未能成行。今即将离开 四川，当然再不能错失机会了。

范成大诗中提到的何子方居家的老人村，应该在今天的青城后山的熊耳山、“又一村”一带，这里至今还有老地名“何家厂”。为什么说范成大诗中提到的老人村在青城后山呢？这要从何子方的家世说起。

何子方系出“青城何氏”一门。据民国《重修灌县志》记载，青城何氏最早入川定居青城，且有史可考的是何瓒之子何柔。何瓒，祖籍福建，唐末进士，为后唐明宗（李亶）的亲信大臣。后唐天成三年（928年），明宗任命何瓒为剑南西川节度副使，意在钳制日渐坐大的时任成都尹兼剑南西川节度副使、行使节度使职权的孟知祥。孟知祥扣压了明宗的文书，秘而不发，何瓒闻之此事，怕孟知祥加害，行至绵谷就停了下来。公元 934 年，孟知祥在成都称帝，史称后蜀。孟知祥称帝后，大肆剪除异己，作为明宗亲信的何瓒，自然是在被清除之列。何瓒被罢官后的第二年便“饮恨而卒”。何瓒的儿子何柔因害怕遭到后蜀帝孟知祥的迫害，便举家秘密迁往青城后山，隐居以避其祸。何柔便成了“青城何氏”的始祖。

至何子方绍兴二十四年（1154 年）考中进士，青城何氏已在青城后山何家厂一带繁衍到第十代。据《青城山志》的编撰杨慕文老师讲，20 世纪 90 年代，他还在青城后山何家厂一带的深山老林中亲眼看见了何氏一座墓茔的残碑，由此可证实范诗中的老人村就在青城后山。

另外，范成大在《吴船录》书中记叙他游历都江堰青城山时有这样的记载：“壬申，泊青城山。……今日山后老人村耄耋妇子辈，闻余至此，皆扶携来观。村去此不远，但过数绳桥。”记叙中“山后老人村”和“村去此不远”可说明老人村就在青城后山何家厂（今又一村）一带。苏东坡在《和桃源诗序》中说青城老人村“道极险远”，显然不是同一地点。

范成大见青城老人村美景果然名不虚传，绿水青山、茂林修竹，喜不自禁，连声赞叹。故人重逢，回首往事，欢愉笑谈，诗酒唱和，作为田园诗的高手，自然文思泉涌，一首《何同年书院》还不过瘾，提笔又写下《青城县何子方使君同年园池》：

> 榿塍芋垄意中行，浩荡熏风不计程。
> 雨脚背人归玉垒，江声随马入青城。
> 五桥今日新知路，千佛当年旧缀名。
> 水竹光中同一笑，丐君荷露濯尘缨。

诗中写了自己在雨中由永康军城（都江堰）玉垒山麓出发，过索桥，取道赵公山下向青城山进发。时当六月，江水暴涨，沿途江声不断，以及由旅途经过的数座小桥联想到曾在灵岩山观赏唐代千佛塔的情景等，绘声绘色，如同画卷。

《何同年书院》和《青城县何子方使君同年园池》二诗均收入《民国重修灌县志》中。

关于范成大青城老人村访友人何子方，范成大在《吴船录》中有记载：“乙亥。十五里，发青城县。同年雅州守何正仲子方来见，招游其群从园林。江水分流入县，滩声聒耳，以故人家悉有流渠修竹，易成幽趣。”

陆游有题为“和范舍人永康青城道中作”的诗，和的就是范成大的《青城县何子方使君同年园池》，因此这首诗在有的诗歌选本中有题为“永康青城道中”的。

范成大此次青城老人村访友，何子方作为地主，应有诗作酬和，惜乎未能留传于世。

因此，我据此认为，范成大访何子方所说的青城老人村当在青城后山熊耳山、何家厂一带。

张大千，丹青寄情老人村

青城老人村，一个让大千先生一辈子魂牵梦绕的地方。

张大千先生是誉满全球的国画大师，被徐悲鸿称为“五百年来第一人”。在他充满传奇色彩的一生中，青城山是他艺术生命中最重要的驿站之一。

1944年仲夏的一天下午，张大千先生把自己在青城山上清宫的画室收拾一番，挂出了刚刚完成的《青城山十景图》，反复端详，颇为得意地拈着自己的大胡子，吩咐他的夫人备茶，他要接待一个特殊的客人。说是客人，其实是青城山的道长易心莹大师。三年多来，大千先生客居青城山，多蒙彭椿仙、易心莹等道长悉心照料，才得以在青城山上潜心创作，画了一千多幅以青城山风景为题材的国画，使他的艺术创作又登上了一个新的高峰。如今他在完成了《青城山十景图》之后，准备下山了。临走之时，大千先生要反客为主，请心莹大师到他的画室做客，欣赏他的呕心之作——《青城山十景图》，同时想请心莹大师帮他了却一桩心事。

就在上一年的夏天，张大千结束了在敦煌的临摹壁画等工作，在兰州、成都、重庆等地举办了几场“张大千临摹敦煌壁画展览”，盛况空前，在战时的大后方引起轰动。尘封千年的敦煌壁画在大千先生的笔下以美妙神奇的艺术魅力轰动了全国，在各地刮起了一股敦煌壁画旋风。一时间张大千的名字和敦煌壁画成了中国美术界的第一话题，中国敦煌壁画也从此走出西北大漠，走向世界。

临摹敦煌壁画展览给张大千带来巨大的声誉。

1944 年夏，张大千在临摹敦煌壁画展览结束后，携家人又回到了他日思夜想的青城山，仍居住在上清宫，在热闹之后复归于平静，继续完成他的《青城山十景图》。

青城山位于成都平原西部，背靠西岭雪山，面向川西平原，全山林木青翠，四季常青，诸峰环峙，状若城郭，故名青城山。山上丹梯千级，曲径通幽，以幽静取胜，自古就有“青城天下幽”的美誉。山中空翠四合，峰峦、溪谷、宫观皆掩映于繁茂苍翠的林木之中。三十六峰，一百〇八景，山川形胜，美不胜收。大千先生在这里创作了数以千计的国画，其中包括他非常看重的这幅《青城山十景图》。他还有一个创作《青城山全景图》的宏伟计划，如今他要离开这里了，心中的不舍实在难以描述。

几年时间，大千先生的足迹踏遍了青城山，然而有一个叫“青城老人村”的地方，他却一直未能造访，如今他要离开青城山了，他不想留下遗憾。

易心莹大师是青城山继彭椿仙道长之后的又一位道学大师，几十年精研道教，著述颇丰，是青城山道教的一代宗师。心莹大师除了在道学上有很高的造诣外，对艺术也颇有心得，大千先生寓居青城山时，心莹大师常到大千先生的画室与其讨论诗词书画；大千先生也不时造访心莹大师，与心莹大师一道探讨道家的养生之道。虽然说大千先生崇尚佛学，身为佛门居士，但他对道教的道学同样敬重，特别是对道家的自然而然、无为而治、境由心造等思想很感兴趣，尤其是对道家的养生长寿之道，更是佩服，且心向往之。当他得知著名的灌阳十景中有一个地方叫青城老人村后，便一直想亲临其境，探寻青城长寿之秘，但直到他要离开青城山了还未能如愿。

为了感谢心莹大师和青城山对他的厚爱，他特意制作了一方“青城客”印章，要将这印盖在他心中早就在构思的一幅青城十景图上，可没有这青城老人村，他总觉得这幅青城全景图就不完整。

心莹大师走进大千先生的画室，大千先生像久别重逢一样拉着心莹大师的手说，来来来，来看我的《青城山十景图》，你可是我这幅画的第一个读者哦。画面展开，青城山十处著名景点依次进入心莹大师眼帘。这十景分别是“朝阳洞”“上清宫”“青城第一峰”“迎仙桥”“高简槽”“降魔石”“丈人峰”“大岩窝”“望坡岩”“观日亭”。心莹大师在青城山生活修炼了几十年，第一次见到有人将青城山十大景点如此浑然一体地展现在眼前，不禁拊掌叹道：青城山的美景让先生给画绝了，真圣手也！大千先生摆摆手说，青城山的美景，我一辈子也画不完啊。

二人一边品茶一边赏画。

大千先生指着《青城山十景图》上的幽深之处对心莹大师说，大师啊，听说这里有个青城老人村，不知大师去过没有？心莹大师说，听椿仙大师说起过，清初灌县县令马玑作的《灌阳十景》诗也提到，在青城后山的大山深处，有一处世外桃源，其景堪比陶渊明笔下之桃花源，村中多长寿之人，世说人生七十古来稀，可老人村里八九十岁的老人也不稀罕，百岁老人也时常可见。少顷，心莹大师抚着茶杯不无遗憾地说，我还真没见过。

心莹大师见大千先生面露失望的表情，又说，不过清初灌县县令马玑作的《灌阳十景》，诗云：“青城描不尽，客赏意何穷。翠竹窝栖凤，寒潭卧伏龙。离堆岚锁峡，洞口石生风。晚渡江沙白，灵岩灯火红。竹林飞夜雨，圣塔响晨钟。老人村尚在，不见白头翁。”有诗为证，想必不假。

“老人村尚在，不见白头翁”，大千先生读着马玑的《灌阳十景》诗，脑袋中仿佛浮现出陶渊明笔下的桃花源仙境，兴奋得像一个孩童，恨不得马上就带上画板去寻访老人村。

心莹大师笑道，大千先生莫非想做第二个刘子骥？

大千先生说，就是，我在青城山住了几年，这么好的地方居然没去过，于心不甘啊。请大师帮忙，寻得当地人士带路，一睹青城老人村风采。

心莹大师说，青城后山山高林密，人迹罕至，几乎无路，且常有野兽出没，多有危险，先生还是不去为好。

大千先生说，青城老人村，世外桃源，岂能不去，不去，当终生遗憾。

心莹大师见大千先生决心要去，便着手安排，好不容易才在青城后山的泰安场找到一位据说当年曾随其父到过老人村的猎人张大爷做向导，带张大千先生去寻访青城老人村。

在猎人张大爷的带领下，大千先生和他的两个学生穿上麻窝子草鞋，腿上绑上绑腿，张大爷还特地给大千先生准备了一根青城山的藤杖，备足干粮，一行四人风餐露宿，在青城后山的深山密林中转了几天，竟然迷失了方向，最后无功而返。

大千先生闷闷不乐地回到青城山上清宫居所，将此事告之心莹大师，并叮嘱心莹大师，一旦有了青城老人村的消息，请一定告诉他。

由于没有寻访到青城老人村，大千先生就这样带着在青城山的唯一遗憾和一直未动笔的《青城全景图》构思离开了青城山，从此再也没有回过青城山。

此后大千先生离开大陆，辗转到台湾，又去到印度、欧洲等地游历和客居，最后在南美巴西定居，修建了著名的“八德园”。在“八德园”中，大千先生将他对青城山的怀念和眷恋倾注在“八德园”的景观设计中，处处体现了青城山的风景元素，其中就有青城老人村的梦想景致。20 世纪 60 年代初，他在巴西创作了巨幅国画《青城全景泼墨山水》，意犹未尽，接着次年又创作了《青城山全景图》，并题诗：“沫水犹然作乱流，味江难望蜀醪投。平生梦接青城宅，掷笔还羞与鬼谋。”

《青城山全景图》的创作似乎完成了大千先生的平生夙愿，但隐藏在大千先生思想深处的念想从“平生梦接青城宅”诗句中就可以知道，他那“青城老人村”的遗憾一直压在心中。可以这么说，没有“青城老人村”的《青城山全景图》总觉得少了那么一点韵味。“青城老人村”就一直在他的梦中。

可惜的是，在那个年代，心莹大师与大千先生是完全失去了联系，大千先生寻访青城老人村的遗憾遂成终生遗憾。

大千先生长期旅居海外，但他对青城山的思念随着时间的推移愈发强烈，进入晚年后仍创作了大量以青城山为题材的国画。他知道这辈子怕是难以再上青城山了，更不要说再去寻访青城老人村，于是凭着对青城山的回忆，想象创作了大型国画《青城老人村》，了却他朝思暮想的青城老人村之梦。

国画《青城老人村》在大千先生的众多创作中并不显山露水，但却是凝聚了大千先生一生的夙愿和对青城山的无限热爱。

值得庆幸的是，改革开放后，青城山通过居住在重庆的张大千先生女儿张心瑞、女婿萧建初和张大千先生取得了联系。张心瑞和萧建初赴美探亲，辗转将大千先生在青城山上清宫居所及青城山的照片带给在台北的大千先生，大千先生捧着青城山照片不禁喜极而泣，虽然此时大千先生正在病中，却欣然提笔写下“青城山上清宫”几个大字，落款为“大千居士张爰”，托人带给青城山。可惜他的挚友心莹大师已于 1976 年仙逝，未能目睹。心莹大师仙逝，令大千先生闻之扼腕叹息。

现青城山山门“青城山”三个大字，即为张大千先生所书。

钱穆：慕名作客老人村

一代国学宗师钱穆也慕名青城老人村，久欲访之而不得，一个偶然的机会让钱穆先生找到了老人村，并在那里住了几天。据王国平先生在《灵岩山传》一书中介绍，当年钱穆先生在灌县（今都江堰市）灵岩寺读书休养，不经意间竟然找到了传说中的青城老人村，并小住了数日，成为寻得青城老人村且在青城老人村小住几日的幸运者。

钱穆先生是如何觅得老人村的？他所作客的老人村究竟在什么地方呢？让我们沿着钱穆先生的足迹慢慢探寻。

钱穆先生是中国史学界公认的一代宗师，江苏无锡人，生于1895年，1990年在台湾去世。钱穆先生年轻时发表《刘向歆父子年谱》而名动京华，后与吕思勉、陈垣、陈寅恪并称为“史学四大家”。钱穆先生先后在燕京大学、齐鲁大学、西南联大等国内多所高校任教，与胡适、傅斯年等国学大师一起成为民国时期史学界的翘楚，被后人称为“一代国学宗师”“最后的士大夫”。钱穆著述颇丰，一生写作1700多万字，80余种，真正称得上是著作等身。

钱穆先生是著名史学家，自然知道历史上苏东坡寻访青城老人村之事，也知道先于他在青城山隐居作画的国画大师张大千先生慕名寻访老人村不遇之事。钱穆先生在灵岩寺居住期间，偶遇他在西南联大教书时的一个学生，交谈之中得知该学生的家就在青城老人村，欣喜万分，遂向学生打听青城老人村的情况。学生盛情邀请钱先生到老人村一游。钱先生久慕老人村之名，欣然应允。王国平先生在《灵岩山传》中是这样描述钱先生的这段老人村之行的："先生闻老人村之名久矣，欣然偕往，至老人村，见村沿一溪，溪之上源盛产枸杞，果子成熟后多落于水中。据说，村人因喝了溪水，故均得长寿。村中有人家数百户，其中高寿超过百岁者，常常有数十人。""老人村中山水风景极佳，村民因此亦不喜欢外出做活，风俗淳朴。"钱先生在学生的陪同下在老人村游耍了几日，本欲离去，但老人村的村民热情好客，学生家的亲戚要轮番招待钱先生，钱先生只得在老人村接受学生亲戚的逐一宴请，又盘桓了数日，尽享老人村山间野菜、嫩玉米馍馍等生态美味和纯朴村民的盛情。

由于当时交通、通讯不便，钱先生回到灵岩寺后再去询问他人，大家都说只知道有老人村，而不知道老人村的具体位置，更不用说到过老人村了。《灵岩山传》中写到钱先生感慨说："余之游老人村，实如武陵渔人之游桃花源，虽千载相隔，而情景无异也。"

根据《灵岩山传》书中文字介绍，钱穆先生所去的地方在都江堰西去约十公里的青城山老人村，此处应该在青城前山一带的村落，不会在青城后山，因为此前张大千先生为寻访青城老人村，在青城山易心莹道长的帮助下，在青城后山的密林中找了数天，最后迷路了，无功而返。从太平场往青城后山方向，原有一条通往松茂古道的支线，这条古道当地人称"花坪老泽路"，即从太平场翻白石片进入青城后山泰安，经沙坪沿味江而上，过泰安寺翻熊耳山上大火地，到达汶川地界，然后分两路，一路向西至阿坝州全州，一路在茂汶合松茂古道。这条线路随着时间的推移，逐渐荒芜，最后淹没于深山荒野中。故大千先生当年虽有当地山民带路，最后也没能找到隐藏在大山深处的老人村。因此钱先生去的地方最大的可能是太平场的五里村一带，或中兴上元村、五险岗一带。这几处均是有山有坝，也是长寿之乡，且重要的一点是钱穆先生作客老人村时，后山一带并无大学生在外读书，而前山一带，即太平五里村、中兴上元村一带则正好有在外地求学的大学生。笔者老家就在青城山下太平场，那里民风民俗和钱穆先生遇到的大致相同，村民好客，有贵客来，各家都要轮流请客招待。五里村、上元村等地，自古就多长寿老人。

钱穆先生青城老人村一游，印象深刻，此后专门书录王阳明先生《山中示诸生》诗五首中写桃花源的一首："桃源在何许，西峰最深处。不用问渔人，沿溪踏花去。"足见其对青城老人村的喜爱。

余定夫，寻踪再访老人村

青城老人村，这个比陶渊明笔下的桃花源更真实、更幽静、更漂亮，也更神秘的长寿之乡，不仅在历史上吸引了众多的名流学者和文史专家去探幽寻觅，就是在坊间也为老百姓所津津乐道。直到 2013 年，成都的国学家张昌余教授还在《成都日报》撰文，向读者提到青城山的谜团之一：青城山的“老人村”究竟在什么地方？

青城老人村究竟在什么地方？张教授撰文说，20 世纪 40 年代，客居青城山的国画大师张大千对青城山传说中的老人村很感兴趣，曾请当地山民带路去寻找传说中的老人村，终因迷路未果，引为终生憾事。后来，张大千还以青城风貌为依据，画了一幅《老人村》。由此可以看出大千先生对老人村的向往之情。

此文一经发表，青城老人村因张大千先生的寻访未果而更增添了其神秘感。

笔者老家在都江堰青城山下太平场，这里素有“长寿之乡”的美誉，自然对青城老人村究竟在什么地方很感兴趣。2015 年有幸从朋友余昌一先生那里收集到了其父——老灌县学界泰斗、人称“活字典”的余定夫先生——当年寻访老人村的资料。据《都江堰文史资料》载：余定夫先生（ 1898—1957 年），字子善，灌县（今都江堰市）人，长期从事教育工作，学识渊博，国学造诣颇深，人称“活辞海”“肉字典”，1949年后长期从事文物历史研究工作，著有《峨术山房诗录》《峨术山房联语》《今方言》等。余定夫先生在研究灌县文物历史时，发现了乾隆版的《灌县志》，如获至宝，研究中对清初灌县县令马玑所作《灌阳十景诗》进行了认真考证，对诗中“青城老人村，不见白头翁”句，结合坊间传说中的青城老人村，进行了认真研究。余定夫先生认为探寻青城老人村究竟在什么地方，不能只凭坊间传说臆断，眼见为实，耳听是虚。余定夫先生于1954年两次翻山越岭到老人村考察，并写下了《重访老人村（二首）》。余定夫先生在《重访老人村（二首）》中详细记述了他在老人村的所见所闻，实为寻访老人村的第一手资料。余定夫先生是近代第一个专门实地考察老人村的学者。惜乎余定夫先生还未来得及见到他的研究成果问世，便去世了。

余定夫先生的长子余昌一先生也是一位研究都江堰历史的学者，他不仅向笔者详细介绍了其父当年寻访老人村的情况，还提供了他珍藏了几十年的余定夫先生当年寻访老人村的诗作《重访老人村（二首）》。

从余定夫先生在实地察看老人村后写下的《重访老人村（二首）》题目和余昌一先生的介绍可知，余老先生是不止一次造访老人村。余定夫先生在灌县教育界和文化界久负盛名，一向治学严谨，诗文所记之事自然可靠。且在余定夫先生的诗中亦有“凡此皆传说，我欲得其实。武陵再问津，桃花旧相识”之句，证实余定夫先生数次实地察访老人村之事实。

《重访老人村（二首）》诗中有“青城老人村，村中多老人。问年无甲子，时见五世孙”的句子，由此可见青城老人村的长寿老人确实很多，老人村名不虚传。余老先生在青城老人村实地察访时，对村中有名有姓的老人也进行了记录：“入村细探询，姚妪年九九”（姚罗氏）；“张翁年九十，端居自擘菽”（张鸿兴）；闻媪八十九，五世已同堂”（闻支氏）。诗中还对七十岁以上老人进行了统计，“比户按籍稽，老人历历数”，计有古稀以上者 215 人，八旬以上者 34 人，九旬以上包括百岁老人 3 人。记载翔实，确凿可信。

余老先生还在诗中写道：“村中美田园，竹树几回环。溪水碧如玉，四面看青山。桑麻叶旆旆，鸡鸣更犬吠。屋顶有炊烟，到门无苛税。”从诗中我们可知道，青城老人村山清水秀，水碧如玉，不仅风景优美，且民风淳朴，在青城后山的大山深处，仿佛一人间仙境，既没有自然环境的污染，也没有社会恶习的侵蚀，村民们过着日出而作、日落而息的纯朴生活。如此美景，堪称现实版的世外桃源。

据余昌一先生介绍和都江堰档案馆资料查证，当年余定夫先生考察的老人村老地名叫兴仁场，就在今天的青城后山，现四川阿坝藏族羌族自治州汶川县水磨镇。

有人就奇怪了，既然余定夫先生考察的老人村在今天阿坝州汶川县，为什么还称其为“青城老人村”？其实在 1956 年之前，今天的汶川县水磨镇行政区划一直属灌县管辖，至 1957 年调整行政区划，才将原属灌县的漩口、水磨划归汶川县管辖，将原属汶川县的龙溪、虹口划归灌县，余定夫先生所考察的老人村也因行政区划调整而就划归汶川县了。

不过，余定夫先生当年考察的老人村从地理位置上看，仍属青城山的范围，青城山自古有“青城八百里”之说，青城山主峰及主要部分在都江堰境内无疑，但青城后山有一部分在汶川水磨镇境内就鲜为人知了。余定夫先生当年造访的青城老人村并不因行政区划的调整而离开青城山。

纵观整个大青城，无论是苏东坡笔下的老人村，范成大访友何子方的老人村，还是张大千先生心目中的老人村，钱穆先生曾经作客的老人村，余定夫先生造访的老人村，都是青城山的一部分。称其“青城老人村”无论如何都是不会错的。

据公布的资料显示：现都江堰市人均寿命 77.1 岁，比全国平均寿命高出 5.7 岁；2017 年统计，都江堰有 100 岁以上老人 60 人，青城山镇位居首位。2004 年四川省政府授予都江堰青城镇“长寿之乡”称号，2010 年中国老龄协会再次授予都江堰青城山镇“长寿之乡”称号。“青城老人村”已不是一个简单的地名概念了。

第四辑·人物春秋

丁宝桢和灌县南桥

清明节这天，四川总督丁宝桢早早地就赶到都江堰，率文武官员、各州县代表与灌县县令兼水利府知事陆葆德一起到二王庙，净手之后焚香祷祝，先祭李冰和诸先贤，后拜百姓苍生，然后赶到渠首放水现场，主持都江堰一年一度的放水大典。

今年的放水大典与往年不一样，今年是都江堰几十年来最大一次整修后的放水大典，又是几十年来最简朴的一次放水大典。时辰一到，三通炮响，丁宝桢大喊一声："放水！"河工们砍断杩槎，一江春水汹涌而下，流向川西平原。

丁宝桢随即骑马沿官道急驰而去。按旧俗，他要赶在水流到成都之前回成都总督府，俗称"赶水头"，以祈一年之风调雨顺。

丁宝桢气喘吁吁地赶回成都总督府，屁股还没坐热，一份关于云贵边情的急报就送到了案头。顾不得鞍马劳顿，他立刻就起身赶往滇黔。行前一再叮嘱值班催促灌县水利府速递呈文和大修结算账册。

这边灌县县令兼水利府知事陆葆德和河工总监张同吾正在县衙准备呈文和河工总结算账册。都江堰大修结算账册其实早已出来，二人正为此事一喜一忧。喜者，初丁宝桢奏请朝廷拨给官银九万两大修都江堰，严令一分一厘都不许超支，且工程质量一丝一毫不得作假，民工生活一日三餐要保证干饭，还规定三天一顿牙祭、七天一顿回锅肉，如有怠慢，严惩不贷。陆县令接到任务，吓得冷汗直冒，如此严苛的要求，谁敢保证？但又不敢说个不字。

丁宝桢何许人也，朝廷一品大员，加太子太保衔，人称丁公保。早在山东任巡抚时，因不畏权势斩杀慈禧的宠宦安德海而声震朝野。陆县令接过都江堰大修任务，战战兢兢，如履薄冰。好在丁总督时常亲临河工现场，督察修建，无人敢偷奸耍滑、偷工减料和贪污受贿。河工完成之后结算，竟余白银一万多两。忧的是，这一万两白花花的银子如何处置。

河工总监张同吾说，这一年衙内衙外众兄弟跟着我们吃苦受累、担惊受怕，现在好歹也算完成了差事，总得犒劳犒劳大家吧。陆葆德知道张同吾的心思，说穿了就是把这银子作赏钱发给大家。看着白花花的银子，谁不眼馋呢。再说这一年大家确实也是很辛苦。但陆葆德又惧怕丁宝桢怪罪，迟迟不敢分发赏钱。交上去吧，又于心不甘，朝廷的银子，交回去想再拿出来 ，难哪。此次大修都江堰，若非丁宝桢，谁有这么大的面子能从捉襟见肘的国库中挪出这笔银子 。思忖再三，陆葆德在呈文之外又提笔给丁总督专门写了一封信，连同呈文、结算账册一并差人送往总督府。

丁宝桢处理完边务回到成都，正在准备给朝廷的奏折，接到陆县令的呈文和大修结算账册，阅读之后大喜，工程不仅如期完工，且银两尚有结余。银子有结余也在丁宝桢预料之中，但没想到会结余如此之多。但读了陆葆德的信，脸上的笑容就慢慢消失了。 信中陆县令自然对都江堰工程大修中自己和同僚如何辛苦、如何精打细算做了一番表白，其中当然不忘对丁公的操劳恰到好处地给予恭维，末了才说出想为大家请点赏钱的意思。丁宝桢原想如有个千二八百两银子的结余，给有功人员赏点也无不可，可如今结余甚多，他不由得担心起工程质量来。

第二天，丁宝桢不顾年近花甲和车马劳累，也不通知灌县县衙，轻车简从，从成都洞子口出发，沿柏条河逆流而上，一路察看沿途沟河渠堤整修后的情况。又到渠首的鱼嘴、金刚堤、飞沙堰等处检查，准备返回到灌县水利府时已是傍晚时分。

从外江堤到灌县南门，直线距离不过半里多路，中间横亘内江，因无桥，从南岸进城，当迂回上游或下游过河，很不方便。故旧时灌县有句歇后语：灌县出南门——无路了。丁宝桢从上游过索桥翻玉垒关至水利府时，城内已是掌灯时分。

当晚丁宝桢留宿水利府，一夜辗转，到天明时，他心中已有了一个主意。

第二天，他派人通知陆县令陪他到南门视察。陆县令一听说丁总督昨晚到了灌县，心中不免如十五只水桶打水，有点七上八下，惴惴不安。

见到总督大人，陆县令小心地说道：“大人，卑职已将呈文和大修结算账册送到总督府，想必大人已经过目。”

丁宝桢点点头：“看了。”

“还有，还有卑职给大人您的一封信，不知卑职的建议是否妥当？”

“嗯。”丁宝桢不置可否地哼了一声。

城门打开，一股凉凉的江风裹着水气扑面而来。

丁宝桢手搭凉棚眺望河对岸，虽近在咫尺，却无路可行。在这里修一座桥如何？丁宝桢指着滚滚江面问陆县令。

陆葆德在这一刻似乎明白了什么。

当年冬月，一个灌县百姓想了千年而慢慢不再想了的梦，在一阵锣鼓和鞭炮声中终于要变成现实了。总督丁宝桢大人要在南门外的内江两岸修一座永久的大桥，并委任县令陆葆德为建桥总管。

在建桥开工仪式上，丁宝桢面对建桥民工和赶来观看的老百姓深情地说，乡亲们啊，两千多年前，蜀郡守李冰率众修建都江堰，凿离堆而开内江，成就天府之国，建立不世之伟业。然而内江两岸百姓也因此困于交通之不便，丁某不才，愿以余生之力，为都江堰的百姓修一座桥，让灌县四门从此四通八达，结束灌县出南门无路的历史。丁宝桢是贵州人，贵州话和四川话几乎相同，丁宝桢在外做官几十年，乡音未改，乡音乡情，说得灌县老百姓心头热乎乎的。

陆葆德也在百姓面前慷慨激昂地说，为官一任，造福一方，古有先贤李冰、诸葛亮、高俭、吉当普等鞠躬尽瘁，近有为建索桥而舍命的何先德夫妇，今丁公力建南桥，陆某自当为马前小卒，虽肝脑涂地，在所不辞。

南门内外欢声雷动。

经过一个冬春的奋战，一座横跨南门内江两岸的大桥巍然矗立。经多方纳言，取名“普济桥”，是为普济民生之意。踩桥那天，全城张灯结彩，喜气洋洋。丁宝桢在陆葆德等属僚的陪同下，穿上了平时极少穿的新袍服，领众百姓踏桥而过。两岸顿时鞭炮齐鸣，欢声雷动。此后便有“踩过南桥，风调雨顺”之说。而另一句流行数百年的歇后语“灌县出南门——无路了”，从此进入了历史档案。

普济桥历经几次重建，后改名为南桥，成为今之廊桥，三层重叠，飞檐凌空，上盖琉璃瓦。桥头重檐彩塑，有各种珍禽奇兽、民间传说和戏剧人物，情态各具，栩栩如生。两端桥亭的圆柱上有书法楹联，左右两廊内壁上还有精工绘制的山水风景和神话传说壁画，以及书法楹联作品数十幅。赤柱朱槛，画栋雕梁，整座桥就是诗书画合璧的艺术长廊。

药王孙思邈的最后传奇

青城山下有一个地方叫太平场，后来又改称“太平乡”“太平公社”，现并入都江堰市青城山镇，但太平场这个地方仍在。

太平场背后有一座山，叫药王山，山上有座庙，叫药王庙。药王山不高，名气却大得很。每年的农历四月二十八，川西坝子的善男信女们都要云集药王山，朝“药王会”，为的是祭祀药王孙思邈。相传农历四月二十八这天，到药王山上随便扯一把野草都是药，因此朝会的人在庙会后都要到药王山上去扯把草药带回家去，挂在门枋上，大人娃儿有个伤风感冒什么的，揪一把放在锅里熬水喝，药到病除，灵验得很。

青城山镇现在又称“长寿之乡”，主要指的就是太平场。太平场的乡民们都说，这都是托药王孙思邈的福啊。

孙思邈到太平场行医时已是一白发老者。提起他的名字，在医学界那可是如雷贯耳，其医学著作《千金要方》早已被医学界奉为经典，其名言“人命至重，有贵千金济之，德逾于此”，被尊为医德之标杆，是我国医德思想的创始人，是中国古代当之无愧的著名医药学家和思想家。由于孙思邈一生淡泊名利，毕生研究医药学，拒绝朝廷的高官厚禄，长年隐居山野，所以知道他的人很多，认识他的人却并不多。

孙思邈晚年云游至青城山，发现这里简直就是药物宝藏，深感以前所著《千金要方》尚不完备，遂决定编写一部《千金翼方》，以弥补《千金要方》之不足。

青城山植被丰富，四季常青，可入药者达一二百种，其中不乏珍稀名贵药材。孙思邈在这里如获至宝，决定在这里住下来。为了写书方便，他便住进离太平场不远的青城山道观天真观（现玉清宫），做了一名挂单道士。

青城山是中国道教发祥地之一，号称道家天下第五名山，山中道士不乏懂医学和养生的高人。孙思邈在这里潜心研究医学，编写医书，得到了道家的很大帮助。他在太平场药王山一带一边行医采药，一边收集民间偏方单方，一边研究药学，编写《千金翼方》。

孙思邈初到青城山下的太平场天成街行医，身上总是背着一个川西人常用的背篼，里面装着一把小挖锄和镰刀，还有从山上采来的草药。他是逢场天才下山来坐堂把脉，遇闲天便和徒弟一起上山采药。行医时遇到贫穷的乡民看病，孙思邈不仅不收脉利钱，反而会送上一些草药。由于孙思邈医术高超，常常是药到病除，所用之药又多为本地草药，被太平场的乡民视为神医。乡民赶场时，时不时提几个鸡蛋，捎一把蔬菜来送给孙思邈。孙思邈说，这些东西你们留着自己吃，如是发现有能治病的草草药，你们给我捎点来就是了，如果有民间治病单方，那就更是求之不得了。乡民们真还给孙思邈介绍了不少草草药和民间治病单方、偏方，孙思邈如获至宝，逐一研究验证，有不少就写进了他的《千金翼方》。

太平场就成了孙思邈验证他编写的《千金翼方》的基地。

最有传奇色彩的当数孙思邈发现川芎的故事。传说是有一天孙思邈和徒弟一起在青城山采药，发现一只断了腿的仙鹤命悬一线，后来老仙鹤用一种神奇的植物把这只仙鹤的病治好了。孙思邈就一路跟踪找到了这种植物，经过眼观、鼻嗅、口尝，发现这种植物的块茎有行气开郁，祛风去湿，活血止痛等功效，能治头痛眩晕、胸腹胀痛、经闭、难产、痈疽疮疡等症，且还能入食制成药膳，延年益寿。经过种植摸索，又发现这种药物的无性繁殖规律，即秋后在浅山培育苓杆，第二年夏天移到坝下种植，其块茎药性大增。孙思邈和当地药农经过多年努力，将这种野生草药驯化为种植的名贵中药。孙思邈将这种具有多种神奇功效的名贵中药称为川芎。

至今都江堰仍是全国川芎主产地，其马祖寺一带所产的“菊花心”川芎一直是川芎中的上品。药膳“川芎肘子”至今仍是著名的滋补药膳。

孙思邈在太平场不仅给乡民们看病治病，还教乡民们在太平背后的山上（今药王山）种药、采药、识药、制药，教他们防病治病和养生之道。培养了一大批药农，发展了药材的种植和加工，使太平场逐渐成了川西地区的药材贸易集散地。此后相当长的时间，这里药商云集，中药店铺林立，直到清末民初，小小的太平场仍有荣生堂、益寿堂、恒泰堂、延龄堂等中药铺近二十家，场面十分可观。

孙思邈晚年在青城山天真宫完成了他的不朽医著《千金翼方》，于公元 682 年农历四月二十八殁于青城山，享年 101 岁。孙思邈去世后，太平场的乡民们以他“人命至重，有贵千金济之”的思想为人生理念，防病治病，重在养生，经千年传承，终成长寿之乡。今都江堰百岁以上老人，尤以太平人居多。

后世感念孙思邈杰出的医药学贡献和高尚的医德，尊其为药王。太平乡人更是对孙思邈尊崇有加，捐资在孙思邈生前种药、采药的山上修建了一座药王庙，定农历四月二十八日（药王殁期）

为庙会 ，并将此山取名药王山，后又在太平场场口修建了药王孙思邈塑像，作为对药王的永久纪念。

农历四月二十八的药王庙会，千百年香火不绝，见证了药王孙思邈在太平场的最后传奇。

冯玉祥三上青城山

一

1941 年夏天，一辆伏特牌黑色轿车缓缓驰入青城山的建福宫。从车上走下一个身材魁梧的男子，看年纪虽然已是花甲之年，可身板挺得笔直，脚步硬朗，举手投足之间，仍显示出军人的气质。

来人便是国民政府军事委员会副委员长、陆军一级上将冯玉祥将军。

青城山道教大师易心莹师父早早地就在山门前迎候，十多抬绷着蓝布凉篷的滑竿轿子恭候在旁边，随时准备抬冯将军上山。

青城山好啊！冯玉祥将军一边扇着扇子，一边环顾苍翠欲滴的青城群山，发出无限的感慨。

冯玉祥将军第一次上青城山时，正是抗日战争最艰苦的时候，举国上下都在抗战，而冯玉祥将军却在此时被削去兵权，空有一腔抗日报国的雄心壮志。万般无奈之下，只得奔走于鄂、豫、湘、黔、川等省，积极从事抗日救国的宣传鼓动活动。

轿夫起轿，碗口粗的竹竿顿时弯了下去，随着轿夫的脚步，滑竿发出嘎吱嘎吱的响声，走不多远，轿夫身上已是汗如雨下。冯玉祥见状，令轿夫停下，走下滑竿对轿夫说，你们回去吧。轿夫一听，以为哪里出了差错，骇得双脚打战，说，长官，哪里没巴适，你说。冯玉祥走到两个轿夫面前说，你看，我和你们站在一起，足足高你们一个头，两百多斤啦，怎么忍心让你们抬着上山。一轿夫说，长官，四川人瘦是瘦，有肌肉，抬你没问题。另一轿夫说，长官，以前我们还抬过蒋委员长到上山呢。随行的地方政府官员也劝冯玉祥将军说，您老六十岁了，还是坐滑竿上山吧。冯玉祥坚决不允，说，抗战四年多了，川军将士二百多万出川抗日，牺牲了几十万人，如今他们还在抗日前线同日寇作拼死战斗，我怎么能在大后方让四川老百姓抬着我上山呢。随行人员见冯玉祥将军坚持徒步上山，也只好都下了轿子，随同冯将军一起徒步上山。

八月的青城山，虽然头顶是骄阳烈日，但茂密的森林如同一张青幽的幔帐，把青城山遮盖成一片绿色的世界，潺潺溪流和阵阵清风，让人倍感清凉，云遮雾罩中，有蝉鸣声声引人渐入佳境。

易心莹大师一边走一边向冯玉祥将军介绍青城山。

青城山位于成都平原西部，古称丈人山，背靠岷山雪岭，面向川西平原，主峰老霄顶海拔一千多米。全山林木青翠，四季常青，诸峰环峙，状若城郭，故名青城山。青城山树多林密，山环水绕，曲径通幽，以幽取胜，自古就有“青城天下幽”之美誉，为中国道教之第五洞天。

冯玉祥将军一边听一边感叹，如此大好河山，岂容小鬼子侵占。是为国人，当以生命和热血保卫之。

冯玉祥将军掷地有声的豪言壮语一直激励着大后方的热血青年。是年，一群军校青年学生手书“河山信美，当以热血保卫之”，并镌刻在天师洞山门前，以明心志。

进了天师洞，道长彭椿仙将冯玉祥将军迎入客堂，道童奉上青城茶，冯将军一边品茶，一边询问青城山的历史和传说，当他听说当年青城山的开山祖师张道陵就在此设坛布道，降妖伏魔时，频频点头说好，说我们就是要做天师，要把小日本这个魔鬼彻底降服。

在青城山小住期间，冯玉祥将军参加了由彭椿仙道长主持的青城山道众为祈愿抗日战争早日胜利、川军将士早日凯旋举行的法事。冯将军当场挥笔写下《青城颂》一诗留赠青城山："真雄奇，实宝地，子子孙孙保守你！诚幽秀，要固守，不使强盗抢了走！"将军通过诗句，不仅歌颂了青城山秀美的风景，更以强烈的口吻，表达了中国人民对日寇侵占我大好河山的愤慨之情以及保卫祖国大好河山的坚定决心，一腔爱国热情，溢于言表。

冯玉祥将军还和彭椿仙道长相约，要共同见证和庆祝抗日战争的胜利。

彭椿仙道长和易心莹大师为冯将军的满腔爱国热情所感动，将《青城颂》刻石砌于客堂石壁之上，成为青城山题刻中 份宝贵遗产。

二

1942 年夏天，冯玉祥将军第二次上青城山。因有第一次山中小住的经历，一路上他如数家珍一般向随行人员讲解沿途风景和名胜传说，言语中毫不掩饰对青城山的喜爱和怀念，说话间不觉就到了天师洞。

青城山道教大师、天师洞古常道观住持易心莹是冯玉祥将军的老朋友了，听说冯玉祥将军要上山，特地将道观中客房打扫干净，以备冯将军住宿；又令厨房备下素酒，要为将军接风洗尘。

走进天师洞，当听到心莹大师告诉他彭椿仙道长已于初春季节仙逝，不禁悲从中来，顾不得喝上一口水，即赶到椿仙道长灵位前，焚香祷祝，告慰椿仙道长在天之灵。

心莹大师将冯将军引到客堂旁边，推开门窗说，将军请看，椿仙道长在世时特地安排匠人将将军的《青城颂》刻在石壁上，留给子子孙孙诵读。

冯玉祥将军一字一句地读着石壁上的诗句，不禁潸然泪下。

冯玉祥将军在青城山上时，听心莹大师说青城山下有一所内迁的学校，叫“荫唐中学”，学校为适应抗战需要，实行的是半军事化管理，有许多知名人士，如碧野、元辉等，常来学校授课，宣传抗日，学校师生爱国抗日的热情很高，便决定到学校宣传抗日。

冯玉祥将军一行在荫唐中学受到了全校师生的热烈欢迎。

冯玉祥将军在荫唐中学向全校师生做了“青年人如何报国”的演讲。在演讲中，冯玉祥将军号召全校学生行动起来，积极投身到伟大的抗日战争中去，用自己的生命和热血去保卫自己的国家，保卫自己的家园。师生们都知道冯将军是著名的爱国抗日将领，对他的演讲报以雷鸣般的掌声。

会上，应广大师生的请求，冯玉祥将军当场挥笔写下了“还我河山”几个大字。当学校校长将“还我河山”几个大字向全校师生展示时，操场上卷起一浪又一浪的呼喊：“还我河山！还我河山！”场面令人十分感动和振奋。

事后心莹大师请来石匠，将“还我河山”几个大字勒石，砌在上清宫山门的石壁上，以志将军抗日之志。

在荫唐中学，许多青年学生被冯玉祥将军的演讲打动，学校掀起了一股从军热，学生们纷纷投笔从戎，走上了抗日的前线。

冯玉祥将军要离开青城山的时候，听在荫唐中学任教的碧野先生讲学生们踊跃报名参军的情形时，心里非常高兴。说，有四川人民和全国人民的支持，小鬼子蹦跶不了几天了。

碧野说：“你还记得那个在演讲会上带头呼口号的学生吗？

他姓沈，就是灌县本地人，听了你的演讲后，不顾家里人的反对，和一帮要好的同学一起参加了青年远征军。”

“哦，沈同学他们现在在哪里呢？”冯将军听了关切地问。

“在印度兰姆伽，”碧野说，“前两天刚来信，说是在兰姆伽集训，要反攻了。”

“嗯。快了，快了。”冯将军告诉碧野和陪同的心莹大师说：“珍珠港事件后，美国已正式对日宣战，盟军已在欧洲开辟第二战场，国内抗战也由战略相持开始转入战略反攻，小鬼子的日子没几天好过了。”

心莹大师说：“不瞒冯将军说，我有采自青城第一峰的明前青城毛峰，大千先生上山我都没舍得拿出来。这要是把小日本打败了，我一定拿出来请将军喝。”

冯玉祥听了哈哈大笑说：“心莹大师啊，你把这明前青城毛峰给我留好，抗战胜利了，我一定来喝。”

三

1945 年 8 月，冯玉祥第三次上青城山。

冯玉祥将军一来就对心莹大师说：“离此地几里远有个祖师殿，那地方僻静，大师可否让我等在那里住上些时日。”易心莹一听冯玉祥要住祖师殿，摆着手说：“那地方太偏僻，沟深林密，交通不便，也不安全。”冯玉祥说：“比及抗日前线，这里安全得很。”心莹大师见冯玉祥将军执意要住祖师殿，当下便安排人到祖师殿打扫收拾，送冯玉祥一行入住祖师殿。

从天师洞出山门，沿龙桥栈道前行，过访宁桥左行约二三里，便到了祖师殿。

祖师殿又名真武宫，是青城山众多庙宇宫观中最偏僻幽静的一个。隐藏在群峰之间，背倚轩辕峰，面对白云峰，近有白云溪，远有金边岩，四周林木森森，碧幛丹岩，早晚云蒸雾绕，仿若世外。冯玉祥将军选择祖师殿小住，对军委会称是上山避暑，实则是考虑即将到来的形势和今后的人生走向。

十四年抗战，冯玉祥受尽老蒋排斥，有心杀敌，却无法带兵，他知道自蒋、阎、冯大战以来，他这个委员长把兄弟从来就没有把他当兄弟，翻脸是迟早的事。只是现在是全民族抗战时期，他还得认他这个把兄弟的领袖地位。他每天都在盼着抗战胜利的日子早点到来，他知道，抗战胜利的那天，也就是他离开这位把兄弟，走向新生的开始。

青城山祖师殿给他提供了一个几乎与世隔绝的环境，但他通过收音机和电报与外面保持着密切联系，时刻关注着时局的变化。白天，他会戴着草帽像个老农一样在山上转悠。碰到打猎的、砍柴的，或是种地的老农，他就和他们一起拉拉家常，了解民情风俗。有时到林子中去捡拾蘑菇，挖点野菜，一副与世无争，超然世外的感觉。晚上则打开收音机，收听国共双方的电讯消息，分析时局。

这天早上，冯玉祥将军像往常一样早早地起来到灶房升火煮饭，米锅刚开，侍从急匆匆地跑进来高呼："小日本投降了！小日本投降了！"冯玉祥将军忙不迭地扔掉手中柴火，打开收音机："日本政府宣布已无条件接受'波茨坦'公告，向盟军投降，正派员接洽投降事宜。"电台反复播送着这令国人无比兴奋的消息。

胜利啦！胜利啦！小日本投降啦！冯玉祥将军兴奋得像个孩子高声呼喊，随从人员也跟着欢呼。祖师殿的道众和冯将军的随从一起簇拥着将军跑出祖师殿，在山林峰谷间纵情欢呼。林涛阵阵，伴随着胜利的欢呼声一遍又一遍地在青城山回荡。

朝阳洞前，旭日东升，霞光万道，一片金光灿烂。

当天冯玉祥将军就赶到天师洞，将胜利的消息告诉了青城山道众，宫观内外自然是一片胜利的欢呼声，有手快的年轻道士早已在“古常道观”的山门前放起了鞭炮。冯玉祥将军对易心莹大师说：“大师啊，想不到这么快就要喝上你的明前青城毛峰了。”心莹大师说：“大喜啊，就盼着这天啊。我这儿不光有明前毛峰，还有洞天乳酒呢。”冯玉祥将军一听，说：“好好好，大师快点拿出来，咱们好好庆祝一下。”心莹大师说：“既是大喜，将军可得赋诗一首，以记之。”冯玉祥将军把袖子一挽说：“好，拿笔来。”

道童送上纸笔，冯将军提起笔略一思考，随即放下笔对心莹大师说道：“如此大喜大庆之事，岂能以一首小诗为记，我欲在祖师殿旁建一亭子，取名‘闻胜亭’，以记其事，如何？”心莹大师一听，连声称好。

当晚，冯玉祥将军夜不能寐，在极度兴奋之中写下了《闻胜亭碑记》：“三十四年八月初予来青城山，下榻真武宫。十一日晨，日本接洽投降消息传来，同志鼓掌欢呼。时予方在灶间取火，闻悉不禁喜极泪流。八载艰苦，竟获全胜；积年大耻，终免尽雪，予能不为吾民族国家庆乎！乃筑亭以为纪念，名曰闻胜亭云。冯玉祥敬志。”

“闻胜亭”很快建好，易心莹大师令人将冯玉祥将军的碑文勒石，立于亭间，供人观赏。“闻胜亭”很快就成了青城山的又一景点。

“闻胜亭”建好后，易心莹大师辗转托人告之冯玉祥将军，冯将军也想四上青城山，看望老朋友心莹大师。1948年秋，远在美国的冯玉祥将军应周总理邀请，准备回国到北平参加筹建新中国的政治协商会议。9月1日由美返国途中，不幸因轮船失事，与女儿冯晓达一起罹难。四上青城山遂成终生遗憾。

张俞和望坡崖

青城山有一个地方叫望坡崖，当地老百姓习惯称之为“王婆岩”。传说是李冰的二儿子李二郎为了降伏在岷江河中兴风作浪的孽龙，在“王婆岩”这个地方变成 一个卖面的王姓婆婆，将擒拿孽龙的铁链变成面条，在此设伏等待孽龙。孽龙逃到这里，见有卖面的，顿感腹中饥饿，便买了王婆卖的面条吃了，立刻就被李二郎的铁链锁拿，降伏于都江堰宝瓶口下的伏龙潭。因此这个地方叫“王婆岩”。

其实这个地方叫望坡崖。所谓望坡，说的是北宋西蜀著名隐士张俞在此盼望苏东坡归隐青城的故事。

张俞，这个名字一般人是不太熟悉的，但提到他写的那首《蚕妇》诗，相信很多人都耳熟能详，“昨日入城市，归来泪满巾。遍身罗绮者，不是养蚕人。”这首《蚕妇》诗不仅收入各种诗词选本，并长期入选小学、中学课本和大学教材，在我国文学史上占有一席之地。

张俞是北宋益州郫人（今四川省成都市郫都区），字少愚，号白云居士，长期隐居都江堰青城山，是西蜀著名的隐士。张俞自幼聪明好学，以诗词文章名于世，和苏东坡、文与可、文彦博等为好友。张俞年轻时也向往功名，惜仕运不佳，参加科考屡试不第，由此心灰意冷，绝意仕途。张俞曾经经人举荐，试录用为秘书省校书郎，但他看破官场黑暗，决心远离政治，归隐山林。他把官职让给他的父亲，自己回老家四川，在青城山隐居。

时值北宋政坛上政治斗争激烈，革新派和保守派都在千方百计打击对手，拉拢人才，壮大自己。朝廷数次颁布诏令要张俞任职，张俞就是不肯出山，史书上载是“七诏不起”。张俞不仅自己不愿卷入尔虞我诈的政治纷争，还多次劝他的好友如苏东坡等离开官场，到山林间做一名隐士，过快乐逍遥的隐居生活。

文彦博主政四川期间，也曾多次劝说张俞出来辅助他工作，张俞也拒绝了。

文彦博是北宋时期著名的政治家，又是大书法家，他历经仁宗、英宗、神宗、哲宗四朝，出将入相达五十年之久，可见其政治上非常成熟、老道。文彦博既是张俞家乡的长官，又是张俞的好友，非常爱才惜才，在多次劝说张俞出山未果之后，知其决意归隐，便资助张俞在青城山白云溪杜光庭旧居置屋隐居。文彦博为什么要在唐人杜光庭的旧居为张俞置屋居住呢？原来杜光庭是唐末五代时期的一位高深道士，道教大学问家，隐居之前曾官至户部侍郎，后归隐山林，隐居在青城山，潜心研究道教，著述颇丰，成为一代高道。杜光庭正是张俞效行的榜样，居于此，正合张俞心意。张俞隐居于青城山白云溪，从此便自号“白云居士”。

宋神宗熙宁年间（1068—1077 年），张俞好友、梓州（今四川绵阳市盐亭县）人文同专程到青城山白云溪看望张俞。老朋友相见，大家都非常高兴。张俞以白云溪水泡青城茶款待文同。

文同，字与可，也是一位著名诗人，同时也是一位大画家，尤其擅长画竹，是画坛“墨竹画法”的开创者，苏东坡称其每每提笔，总是成竹在胸。文与可与苏东坡是表兄弟——文与可是表哥，苏东坡是表弟，比较熟知苏东坡的情况。品茗之际，张俞自然问到了老朋友苏东坡的近况。文与可说，子愚兄，子瞻知道我要来青城山看望你，特地嘱我代他向你问好。张俞连连拱手致谢说，子瞻近来可好？文与可一声叹息说，朝堂党争激烈，国事内忧外患，子瞻这个人啊又恃才傲物，固执己见，屡屡以诗文得罪朝野，一贬再贬，日子不好过啊。叙谈中张俞得知，其时苏东坡因上书言事，反对新法，得罪了王安石和支持王安石的神宗皇帝，已被逐出京城。张俞说，以子瞻之才，何苦盯住那顶乌纱帽不放，不如和我一样，退隐山林，到这青城山上做一个逍遥之人。文与可说，子愚兄，不瞒你说，子瞻听说你隐居青城，七诏不起，大为感慨，说，子愚兄乃真君子也。张俞一听，问道，子瞻莫非也有归隐之意？文与可说，正是。来时子瞻嘱我看看子愚兄归隐的地方，说，青城山是个好地方，青幽空灵，山清水秀，又是道家发祥地，自古就有宁封子、张道陵 、杜光庭等高士在此仙隐，今又有子愚兄在此隐居，他日归隐山林，一定来此和子愚同住。

张俞听文与可说苏东坡要来此居住，喜不自禁，连声说道，如此甚好。并叮嘱文与可带信催促苏东坡早日回川。

文与可走后，张俞每天都沉浸在将和苏东坡一起隐居青城、饮酒作诗、品茗填词的逍遥快乐之中。张俞请来当地农民砍伐荒山，修桥筑路，修葺房舍，酿制茅梨酒，焙制青城茶，只为了迎接苏东坡的到来。

青城山下有一山坡，坡顶地势平坦，居高临下可远眺进山之路，当地山民常常看见张俞站在坡顶远望，便问张俞，张先生在此张望等待何人。张俞说等我子瞻兄弟、东坡先生。

让张俞没有想到的是，苏东坡这样热衷于政治的人，一时的归隐想法岂能当真，即使在日后遭遇“乌台诗案”身陷囹圄，出狱后也未有归隐的行动，再后又一贬黄州，再贬汝州，三贬颍州，最后贬到天涯海角的儋州，直到客死常州，也没能回到四川、归隐青城。而痴心的张俞则在青城山一直等到去世也没等到他的子瞻兄弟。

当地百姓感念张俞痴心，就将这个地方叫作“望坡崖”。

抗战期间，张大千先生客居青城山三年有余，听说了张子愚终生守望苏东坡的故事，感叹不已，数次造访望坡崖，创作国画《青城望坡崖》，款识：“文路公镇蜀，买青城杜光庭读书堂故址以赠隐士张愈，号白云隐居。与可远蜀访之，苏子瞻因有归隐相依之约，愈遂剖险阻，期其归来，故云望坡，乃误为王婆崖也。庚辰八月写青城望坡崖，用石溪笔法。蜀人张大千。”

《青城望坡崖》完成后，大千先生意犹未尽，又创作了大型国画《青城十景图》，将望坡崖列为十景之一，可见大千先生对望坡崖这段传奇故事终生难以忘怀。

董湘琴和《松游小唱》

一

“三塆九坪十八关，一锣一鼓上松潘”，公元 1892 年，邑人董湘琴应时任松潘厅总兵的夏毓秀邀请，由灌县（今都江堰市）赴松潘做夏毓秀的幕僚。旧时从灌县到松潘有一条俗称“松茂古道”的崎岖山路，溯岷江而上，约 700 里路程。董湘琴是个文人，颇有文才，喜吟诗作文，这一路走来，所见所闻，信手拈来，发而为诗，到松潘时，不觉已成一万多字的长诗，取名《松游小唱》。也许连董湘琴先生都没有想到的是，他这种“有见必唱，唱以自适”“音之高下，句之长短工拙，在所不计”的雅俗兼收的“道情”体长诗，竟然在坊间引发共鸣，成为文人雅士争相吟诵的诗歌。直到今天，在松茂古道沿线的都江堰（原灌县）、汶川、茂县、松潘，及至川西北高原的阿坝藏羌地区，仍有众多《松游小唱》的拥趸在研究、解读这首诗，许多老人随口就可以背诵几句。

据说 1958 年毛泽东主席在成都开会期间准备到灌县视察，让工作人员找来有关灌县的资料。在看了董湘琴的《松游小唱》后，毛主席大加赞赏，并且还随口朗诵了《松游小唱》几段精彩的诗句。

“橐笔往西游，灌阳郁郁闲居久。几封鱼书催促后，辞不得三顾茅庐访武侯。把行期约定九月九，走！第一程江山雄构，镇夷关高踞虎头。恶滩声，从此吼，大江滚滚望东流。安澜在前，伏龙在后；青城在左，灵岩在右，二王宫阙望中浮。好林峦蔚然深秀，看不尽山外青山楼外楼。竟夷犹，故乡风景谁消受。”这是《松游小唱》的第一小节，写诗人走出灌县西关后所看到都江堰的景色和感受。寥寥数笔，就将整个都江堰景致尽收笔端。据研究者统计，全诗从灌县始，至松潘止，共记述了沿途一百二十多处名胜景物、十八处历史遗迹、十六处民族风情、十多个掌故传说，如沙窝奇景、安顺风光、大禹故里、松州古城等，至今仍是松茂古道旅游线上的景点，珠玑琳琅，洋洋大观。

《松游小唱》这首长诗借鉴了中国歌谣的形式，继承并发展了中国传统古诗。中国诗歌最早发端于歌谣，产生于自然，来源于民间，合乐为歌，徒歌为谣，民歌民谣就是中国最早的诗歌，如文学史上公认的《击壤歌》《康衢谣》。《诗经》中的《国风》更是集民歌之大成。这些诗歌一般都比较自由流畅，不似后来的唐诗宋词元曲那样约束于格律声韵。《松游小唱》这种非常接地气的古诗自由化形式，既有古诗的音韵格调，又不受其严格约束，为了表情达意，有时可以句句押韵，有时又转调换韵，甚至有时不求押韵，顺其自然，随吟随唱，非常潇洒自如。

传统诗词讲究严格对仗，小唱也讲究对偶、排比，却又不严格要求，有时工对，有时宽对，一个前提是为了诗句的和谐优美，自然流畅，只要是铿锵自如、朗朗上口，一切有关诗词的清规戒律都“在所不计”了。如《松游小唱》第一段中“几封鱼书催促后，辞不得三顾茅庐访武侯。把行期约定九月九，走！”一个“走”字，尽显洒脱。

《松游小唱》的语言文字，既有文言的典雅，又有语体的通俗，行吟中感觉如行云流水，自然明快；叙事中则娓娓道来，如数家珍；抒情中直抒胸臆，喜怒哀乐跃然纸上；议论则纵横捭阖，侃侃而谈。这种带有古风的质朴，词曲的文雅，民歌的通俗，新诗的自由的“信口狂吟诵，自鸣天籁”的小唱形式，很受老百姓的欢迎。一句话，天然去雕饰，雅俗共欣赏。

二

董湘琴（约 1843—1900 年），名朝轩，号玉书，又字香芹，四川灌县（今都江堰市）虹口人。董湘琴先生自幼聪颖，敏而好学，年轻时即显露才气，精通文史，擅长诗赋，是清末灌县地区著名文人、学者，为同辈人中的佼佼者。灌县名宿尹席珍老先生在八十八岁时为《松游小唱》作序说，他与董湘琴“琴歌酒赋，常相往来，同辈皆以玉堂人物目之，盖其精妙之思，隽永之词有非朋辈能望其肩背者”。然董湘琴先生尽管满腹才华，却科场不顺，仕途不济，参加科举考试，屡试不举，直到光绪乙酉年（1885 年）他 42 岁时才取得一个直隶理番厅“岁贡”的资格。面对朝政腐败，家国多难，空有一腔报国之志而又怀才不遇的他，在极度失望之中，寄情于诗词文章。他在一篇《征雁赋》中以征雁自况，写征雁南飞，万里跋涉，“志皎洁而清尚，餐沆瀣而绝气埃”，慨叹“彼燕雀其安知”鸿鹄之志，表达了自己有心报国而效力无门的志向。

光绪十七年（1891 年），松潘地区发生动乱，松潘厅总兵夏毓秀督师平乱。夏久闻董湘琴名声，慕其才气，多次致信董湘琴，邀请董湘琴到松潘厅做总兵幕僚，为其出谋划策。也就是在这年九月，董湘琴偕妻子一道从灌县出发，沿松茂古道前行，到松潘赴任。

松茂古道起点在灌县西街，途经汶川、茂县至松潘，全长 700 余里，主要路段在阿坝藏羌地区。虽然多次改道，但总体线路是沿岷江河谷而行，路途崎岖，深沟高垒，水流曲折，沿途风光无限，且行经地区多为藏羌民族，奇风异俗，美不胜收。董湘琴先生这一路走来，被奇异的古道风光和多彩的民族风情所吸引，情涌笔端，写下了这首百年传唱的《松游小唱》。他在《松游小唱》的自序中说：“《松游小唱》者，松潘之游，随游随唱也。曷唱乎尔？自来名士从军、才人入幕，就所阅历，发为诗歌。如白玉蟾、朱桃椎辈，信口狂吟，自鸣天籁，托性情于一时，由来久矣。余自灌束装，以迄抵松，途次无俚，辄欲将所见，以五、七字赋之。而又苦于裁对，聊复效颦，发为小唱，借以消遣。音之高下，句之长短，所在不计。间有挂漏，亦略其所略。古人阳春白雪尚矣！下里巴人，何妨敝帚自享。二三知己，以为板桥《道情》可；以为盲女《弹词》，亦无不可。”

三

董湘琴松潘之行，意在总兵幕僚，为夏毓秀建言献策，目的当然是建功立业，博取功名。在夏毓秀松潘平乱中，董湘琴也确实出了力，立了功，受到了省督的嘉奖，夏毓秀被擢升为四川提督后，董湘琴也被授予蓝翎候补知府。

董湘琴虽然跻身仕途，然以他恃才物傲的秉性和行侠好义的作风，以及对清廷腐朽的不满，很快就卷入袍哥“冒顶”案。清朝末期，四川袍哥组织兴起，在孙中山民主革命思想的影响下，四川哥老会（袍哥）成为清廷的严重威胁，而作为袍哥舵把子（人称“冒顶”）的董湘琴，于光绪二十四年（1898 年）被清地方政府以“冒顶罪”逮捕入狱。董湘琴入狱后，豪侠之气不减，据说常与狱卒、囚徒“夜谈纵酒，砍剑高歌”，根本没把坐牢当作一回事。这年除夕，他竟用二十四张大红纸撰写了一副长联贴于牢狱门口：上联“无端平地起鲸波，把东箭南金尽情撮合，每当夜谈纵酒，砍剑高歌，色舞眉飞，说不尽英雄肝胆，怎经得囚灯一盏，挑残蝴蝶乡心，禁柝三更，敲冷鸳鸯春梦。隙驹容易过，又赢得元宵锣鼓，神会箫篁，端午蒲觞，中秋月饼。”下联“都是前缘同犴狱，问兰因絮果大有来由，几多怨气呼天，覆盆兴叹，含沙射影，幻出些山海仇冤。更何堪茹痛十年，望断马头生角，羁魂千里，音沉雁足传书。魔劫古今同，几曾见羑里文王，圣门公冶，眉州苏轼，堂阜夷吾。”长联的意思是说自己像周文王拘于羑里、公冶长南山被冤、苏东坡乌台入狱、管夷吾囚于小白，完全受的是冤狱。长联贴出后不胫而走，舆论哗然，迫于舆情，当局不得已释放了董湘琴。

“冒顶”事件彻底终结了董湘琴的仕途幻想，影响甚大，从此，他无心时事，一心闭门著述，先后编成《百花潭诗集》《腕腴精舍词赋》和《松游小唱》。大约在光绪二十六年（1900 年），董湘琴在成都去世。

松潘之行，董湘琴本想建功立业，博取功名，最后不过是挣得一顶蓝翎候补知府而已。而信手拈来的“随游随唱”的《松游小唱》却是“无心插柳柳成荫”，成为民间百年传唱的佳作。

四

董湘琴先生的《松游小唱》生前并未付梓，然诗作已不胫而走，开始在坊间传抄，于是出现了大量的手抄本，辗转传抄的结果是多有讹误。董湘琴先生去世数年后，方由族人董朝清先生刊印出第一个木刻版本，史称“丙子本”。以后又陆续出现了油印本、木刻本、铅印本。《松游小唱》历百年沧桑，各种版本层出不穷，有的版本相近，有的版本就相去甚远，注解也大相径庭，以讹传讹，谬误迭出。

邑人何正泰先生，教书为业，闲暇作文，著有《天府明珠都江堰》《忠孝儒林人物志》《镶碗集》等书。何正泰先生自幼接触《松游小唱》，甚是喜爱，退休后应陈道谟先生之邀，出任都江堰玉垒诗社常务副社长兼《玉垒》诗刊副主编。1991 年，也就是董湘琴先生写作《松游小唱》100 周年前夕，《玉垒》诗刊出专辑刊出经何正泰先生初步标点、分段、校刊的《松游小唱》全诗。虽然此次刊出的《松游小唱》错误不少，但仍然受到读者的热捧，反响很大。当期《玉垒》诗刊很快被灌县及松茂古道沿线各地《松游小唱》热爱者收藏，很长一段时间还有读者来信或登门求购。

《松游小唱》在沉寂很多年后再度成为热门话题，促使何正泰先生下决心对《松游小唱》进行一次认真的研究，重新分段、标点，勘误、校注，整理出一个较为忠实于原著的且能传于后世的本了。何正泰先生历时三载，先后走访了一百余人，收集到手抄本、木刻本、油印本、铅印本凡十余种，翻检近百种书刊，做了十余万字的笔记。为了订正各种版本的讹误和疑问之处，何正泰先生特地购“海鸥”相机一部，从灌县西关出发，沿《松游小唱》所述线路进行实地察访，行七百余里，完成对《松游小唱》的勘误、订正、注释、校对工作，并写下数万字的“校注笔札”。如对“丙子本”文本中“夕阳无限，金乌西落”之后有“旅邸有张罗，松坪沟小酌”句，经实地考察，松坪沟在校场西北，距大栈营一百多里，且不在松茂古道上，诗人不可能离开茂州没多远就“松坪沟小酌”，故改正了疑为后人增补的句子。

在杨蕤林等先生的帮助下，何正泰先生历时三载完成了《〈松游小唱〉校注》一书，并由著名诗人、《星星》诗刊原主编白航先生作序，编入“玉垒诗丛”出版。

这是迄今为止《松游小唱》各种版本中最为读者肯定的本子。

五

松游小唱取名小唱，那是作者随意而为的吟唱，并非刻意的文人创作，特别接地气，因而在老百姓中间具有很强的生命力。作者生前虽然没有刊印发行，但在民间却广为传播，兴百年而不衰，直到今天，人们还在不停地对《松游小唱》进行整理、发掘、研究。继何正泰先生的校注本出版后，先后又有张宗品、张文忠先生的《松游小唱绘图本》（四川美术出版社出版），张起先生的《晚清松茂古道的一次民间行吟考察——董湘琴〈松游小唱〉校注、整理与研究》（西南交通大学出版社出版）等研究董湘琴先生和《松游小唱》的专著问世。四川大学、西华大学、成都大学、阿坝师专等大专院校的学报上也时常有相关研究成果和论文发表。成都、都江堰、汶川、茂县、松潘等地的文史专家和民间热爱《松游小唱》的人士也纷纷撰文，探讨《松游小唱》的成因、版本、文学成就等，关于董湘琴先生和《松游小唱》的研究大有方兴未艾之势。

《松游小唱》热，可称作一种现象，原因何在？热爱《松游小唱》的读者和专家们在不停地解读中。著名诗人，《星星》诗刊原主编白航先生的几句评语是具有代表性的高度概括，可做本文的结语。白航先生说："《松游小唱》的内容广博，极富文采。诗人由灌县起，经汶川、茂州而至松潘，一路描绘山川形胜，风土人情，既具历史性，也具风光性，读之快意，思之动情。此诗尚有三点颇具特色，即一、自由抒写：不拘字句，不拘声韵，不限内容，随兴之所至；二、自然写实：见物写物，见人写人，见事写事，见景写景；三、自娱自乐：不求闻达于后世，只求自娱于当时。此'三自精神'，也是今日文人所乐于接受的。"

唐求，青城味江一瓢诗

中国诗歌史上，诗人雅号多多，诗仙、诗圣自不必说了，还有田园诗人、边塞诗人、苦吟诗人等等。而在唐末，又出了个“一瓢诗人”。这个一瓢诗人姓唐名求，西蜀青城味江人士，唐末著名隐士，又称“唐隐居”“唐山人”。

唐乾符年间（874—879 年）某日，西蜀青城县衙的官员们一觉醒来，发现县令唐求不见了，案头留下短诗一首：“趋名逐利身，终日走风尘。还到水边宅，却为山下人。”众人正欲寻找，县衙师爷说，不用找了，唐县令早已厌倦官场，久生去意，此刻恐怕早已回到他在味江的家中，去做他的山下人了。所以，后世也有称唐求为“唐山人”的。

唐求为什么放着他的官不做，要辞官归隐呢？原来在公元 873 年，唐僖宗继位，并于 874 年改国号乾符。僖宗继位后，耽于游戏，不理朝政，一应朝政皆由宦官田令孜处理，且任免官员，皆由田令孜决定而不必奏报皇帝。皇帝昏庸，宦官专权，朝政腐败，唐王朝处于风雨飘摇之中，令唐求十分失望，因而心生去意，绝意仕途，退隐山林，去做他的逍遥翁。

四川都江堰的青城山是天下名山，是道教祖师张道陵结庐传道的地方，是中国道教的发祥地，自古以来多有名人高士在此隐居。唐求择此地隐居，一来这里是他的家乡，其家位于味江翠微山下俗名“灯盏窝”的山村，这里山清水秀，林木苍苍，是隐居的绝佳去处。二来唐求崇尚道教，兼及儒释，而青城后山寺庙宫观林立，古往今来有许多名人高士在此隐居，除了道教祖师张道陵，还有如道学家范长生、杜光庭等，正是他问道访友的理想之地。

都江堰青城后山有一条名叫味江的河流，源自青城山间，山谷幽深，水流湍急，两岸树木葱茏，岩石嶙峋。江水依山势奔流向南，流经都江堰泰安、两河，至唐求家乡街子出山口流向川西平原。这条不大的河流为什么叫味江呢？传说古蜀王征西蕃时，味江的老百姓献给蜀王一壶美酒，蜀王要犒劳三军，一壶酒怎么够呢，蜀王想了个办法，将美酒倒入江中，舀江水与三军将士共饮之。饮时发现江水酒香醇厚，味美甘洌。后这条河流就被当地人叫作味江。《蜀州图经》有记载：“昔蜀王征西番，野人献壶浆。王使倒入江中，三军饮江水尽醉，故名。”

味江上不仅有酒，还有诗。这是唐求一生的最爱。

这天唐求携书童行至味江边，一边观山望景，一边构思诗句，总觉得没有佳句，偶有所得，也不甚满意，一边写，一边扔，末了一无所获。临回时在味江河中洗笔，但见江水清澈见底，笔入水中，墨影飘然而动，不觉脱口吟诵：“恰似有龙深处卧，被人惊起黑云生。”“先生好诗！”书童忙取出纸砚，让唐求写下。接下来一时感觉无佳句，唐求又欲扔掉。书童说，先生不必如此心急，带回家中再慢慢琢磨，或有佳句。唐求觉得书童说得有道理，遂将这半截诗句带回。

唐求喜酒，每每出行，身上总带着一个酒葫芦，手拄一根青藤杖，或访友，或问道，酒酣之际，兴之所至，常有佳句脱口而出，随手写下，稍加润色，即成佳作。可惜唐求终日与酒为伴，常常是不醉不归，所写诗作，大都是随写随扔，很少保留。一日与友人聚，示新作一首："掩门江上住，尽日更无为。古木坐禅处，残星鸣磬时。水浇冰滴滴，珠数落累累。自有闲行伴，青藤杖一枝。"（《赠著上人》，《全唐诗》卷七二四）友人惊呼："好诗！"。唐求于醉醺中随手一扔，被友人拾起说，如此好诗，当传于后世，唐求说："今天下混浊，岂有人识唐山人乎？"说罢便将诗作团成纸团，丢入空了的酒葫芦中。

自此，唐求但有诗作，便写下团着纸团塞入随身携带的葫芦中。

青城山上产葫芦，嫩时可做菜食，老时去瓤风干可作盛酒盛油的器具。而唐诗人却把它作为藏诗的工具，真是别出心裁。

公元 907 年，唐朝灭亡，王建割据四川称帝，国号蜀，史称"前蜀"。王建前蜀国初建时期，雄心勃勃，励精图治，广揽人才，实行"与民休息"的政策，以图扩张疆土。王建听说青城山味江有个叫唐求的文人，诗词文章名震川西，便派了一位官员前往青城味江，意欲召唐求入朝为官。没想到唐求竟然一口回绝 。来人回成都向王建禀报，说唐求这个人恃才傲物，不堪重用。没想到王建听了反而更加想得到这个人才。王建知道但凡有才的文人都有点傲气，若是强求，未必能遂所愿，便请一位和唐求相熟的官员到青城味江游说，许以高官厚禄、香车宝马。唐求得知消息，干脆脚板底下抹清油，溜之乎也。留诗一首曰："门户寒江近，篱墙野树深。晚风摇竹影，斜日转山阴。砌觉披秋草，床尺倒古琴。更闻邻舍说，一只鹤来寻。"

王建欲聘唐求不得，长叹一声说："唐隐居，真君子也。"

唐求一生纵情山水，却并无远游，以青城味江为轴心，远近不过二三百里，但有深山古寺、名道宫观，必访之。

蜀中高道范长生，号称"蜀中八仙"之一，著有《道德经注》《周易注》等，在道教中地位极高，青城山建有长生宫专门祭祀。

唐求对范长生极其仰慕，多次拜谒长生宫，一心想做像范长生那样的高道隐士，在《题青城山范贤观》一诗中写道："数里缘山不厌难，为寻真诀问黄冠。苔铺翠点仙桥滑，松织香梢古道寒。昼傍绿畦薅嫩玉，夜开红灶捻新丹。钟声已断泉声在，风动茅花月满坛。"

唐求一生以范长生为榜样，终生隐居青城味江，他以诗自娱，以诗言志，以诗寄情，把写诗当作自己的第二生命。唐求虽然诗名甚高，但所写之诗从不轻易示人，每有佳作，写在纸上，便捻成团，放入随身携带的葫芦中。青城山味江一带的人都知道，唐山人出门身上两件宝，即两个葫芦，一个装酒，一个装诗。世人谓之，唐山人不仅人隐居山中，连诗也隐居，真正是个"唐隐居"。所以，唐求又被人称作"唐隐居"。

一个初秋的傍晚，病中的唐求来到味江边上，望着这条伴着自己走过一生的河流，但见日暮中翠微山月影西斜，心中不免有些黯然神伤，写下一诗："暮从碧山下，山月随人归。却顾所来径，苍苍横翠微。"仿佛知道自己来日不多了，唐求将装有自己诗稿的葫芦取下，对家人说，我要走了，生前我没有将这些诗公之于世，现把这葫芦放入味江中，让它随我而去，倘若它不沉没，那就是它的命了。

所幸有味江渔人在江中发现了唐求的这个大葫芦，惊呼，这不是唐山人的诗瓢吗！遂打捞起来。惜乎葫芦已进水，诗稿多已损坏。后人经整理，得诗三十五首半，编入《全唐诗》（卷七二四），自成一卷。

在《全唐诗》收录的诗和诗人中，唐求是比较特殊的一个，因为他的诗是从一个葫芦中打捞起来的，后世人称"一瓢诗人"。

灌县知事王铁珊

清末民初，王铁珊任灌县（今都江堰市）知事，在老百姓中留下很好的口碑，至今坊间说起王铁珊还津津乐道。

王铁珊本名王瑚，字禹功，号铁珊，河北保定人，家境贫寒。21 岁入乡学，22 岁中乡举，30 岁中进士，授翰林院庶吉士，后到四川任灌县知事。

王铁珊是清末民初的名人、奇人。说他是名人，一是因为他曾官至京兆尹，相当于今天的北京市市长；二是他还是冯玉祥将军的老师，师生情谊深厚，冯玉祥将军曾为他写过许多诗。说他是奇人，是因为他当官不像当官的样子，一言一行"远于世俗"，勤廉到近乎迂腐的地步。

王铁珊知灌县事，事必躬亲。某日有人来报，说一家农户的一条牛被盗了，衙役去查找了一圈没找到。王铁珊一听着急了，立马就要亲自去查找。衙门里的人说，不过就是一条牛嘛，如果丢了一条牛都要你亲自去处理，你忙得过来吗？王铁珊厉声说道，牛是农家的命啊！农民没有了牛拿什么来耕地，种不上地，农民吃什么呀。做官就是给农民管事的，我把人家的牛给看丢了，这像话吗。说罢便亲自到乡下去查找丢失的牛。老天有眼，还真给找到了。丢牛人家要求王大人重罚偷牛的人，在当时，盗窃是重罪，失主的要求也是合情合理的。可王铁珊仔细了解了情况后，却把偷牛的人放了，说，他也是个穷人，迫不得已才去偷，我不打他、罚他，我要他重新做个好人。偷牛的人十分感动，赌咒发誓永不再偷了。

冯玉祥将军听说了这件事，笑了，说只有王铁珊才是这样子办案，并写《偷牛》诗一首："铁珊坐灌县，人民称圣贤。有人偷耕牛，失主告衙前。差人四处找，多日找不见。铁珊去私访，才把牛找还。失主得了牛，还要把贼办。铁老告他说，你且不要管。他因太贫穷，故作此下贱。我要教训他，改过为好汉。经此大感化，不再胡蛮干。人民称圣贤，至今常思念。可见贤明宰，芬芳留万年。"

王铁珊审案，又是另外一番景象。清末，洋教逐渐侵入内地，各地教堂和群众矛盾时有发生。这年灌县崇义铺群众发生打砸教堂事件，震动了成都总督府，成都总督府差役到灌县抓人，抓了以后准备带回成都，被王铁珊拦下，说要亲自审讯。堂上，王铁珊问，你们打了教堂为什么没有跑呢？被抓的老百姓连呼冤枉，说打教堂的人都跑了，我们是看热闹的，跑得慢，结果被抓了。王铁珊说，我不信，那你们跑跑给我看。那些被抓的农民迟疑着不敢跑。王铁珊说，你们既然没有打教堂就应该跑快点嘛，再不跑，我就要抓起来办了。结果那些被抓的百姓一哄而散都跑掉了。

有同僚关心他说，你这样子整得罪洋人，要丢乌纱帽的。王铁珊说，丢就丢嘛，当官是不能欺压老百姓的。结果王铁珊被参，并且一参参到底。

此事在灌县流传甚广，冯玉祥还专门写了一首44行的白话诗《放人》专记此事。诗的最后写道："铁说愿丢官，不愿违民意。光绪念七年，一参参到底。至今灌县人，此事未忘记。真心爱人民，芳香留万纪。"

王铁珊在灌县当知事，生活十分简朴。尽管川西平原物产丰富，灌县是川西上五县，属比较富裕之地，但王铁珊生活节俭到近乎苛刻的地步。青城山住持彭椿仙和王铁珊有过较长时间的交往。彭道长说，王铁珊上山来，每次就是一个锅盔、一碗豆腐。清康熙年间（1662—1722年）有个廉吏于成龙，饭桌上长年一碗青菜，人称“于青菜”；王铁珊节俭至极，饭桌上长年一碗白水煮豆腐，堪称“王豆腐”。

王铁珊清廉简朴的作风不仅在任灌县知事时是这样，而且即使日后做了京兆尹这样的大官也是如此，不改初衷，甚至“变本加厉”，廉到令人哭笑不得的迂腐地步。王铁珊任京兆尹时，有次公差在外，恰好这时他夫人从原籍来京，准备向王铁珊要点钱维修家乡的住房。管账的人便由公款里暂时借支了三百元，以解京兆尹夫人一时之急。王铁珊回京城后夫人已经走了，管账的手下便向王铁珊禀报了此事。谁知王铁珊知道此事后暴跳如雷，不仅要惩治那位管账的人，连自己的夫人也要治罪。有人问他，夫人不过是暂时借钱而已，何罪之有？王铁珊一时想不起罪名，曰：“携款潜逃。”闻者无不哑然失笑。

王铁珊做官从来是一是一、二是二，公私分明，尤其痛恨那些假公济私、中饱私囊者。在他的官署里，即便是“暂时借支”也不行，包括自己的结发之妻。

因王铁珊在那个贪官泛滥的年代洁身自好、操行严正，冯玉祥将军十分敬重他，所以在冯将军20世纪20年代统领北京时，就想请自己的这位老师出任故宫博物院院长。冯玉祥的安排，任何人看来都觉得十分恰当。谁知王铁珊坚辞不就，说：“我自信一生清廉，不爱财，不贪财。故宫宝物很多，我当然不会偷，但故宫藏书极为丰富，珍贵典籍数不胜数，我一生嗜书如命，难保不见书起心。”所以，他始终不肯接受他学生的美意。

王铁珊去世后，夫人因为生活困难，到北京投靠女儿，曾因为可以腌一缸咸菜了而说过这样的话："现在比老头子在的时候强多了，因为能腌满缸咸菜了，他在的时候，我腌咸菜，他总说，腌一缸咸菜得花多少钱啊？所以只准腌半缸。"

陈道谟和《挥戈文艺》

陈道谟老先生从事文学创作有七十多年的历史了，他一生热爱文学，笔耕不辍，著述颇丰，成绩斐然。陈老在辛勤笔耕的同时，创立“玉垒诗社”，创办《玉垒》诗刊和《老年文学》，把自己的宝贵时间和精力无私地用于扶持和帮助文学青年，赢得大家的尊重和爱戴。

他是都江堰文坛的一面旗帜！

在纪念抗日战争暨世界反法西斯战争胜利70周年之际，我们不能不回顾70多年前陈道谟在成都创办《挥戈文艺》的光荣历史。

挥戈！挥戈！这是一个战士的呐喊。

1940年，正是中国抗日战争最艰苦的时期，日本侵略者的铁蹄正践踏着半个中国的领土，面对日本侵略者的暴行，全国上下团结一致，同仇敌忾，共御外侮，抗日热情高涨。作为全国抗战大后方的四川，一批又一批的铁血男儿奔向抗日前线，用自己的血肉之躯保家卫国。而留在大后方的青年学生，他们虽然没有亲自到抗日的前线拼杀，但一样将一腔热血凝聚笔端，为抗日救国举起他们的特殊戈矛，奋力杀向侵略者。

此时陈道谟还是一个学生，正在成都读书，全民族抗日烽火的燃烧已经让这个青年学子坐不住了。在家乡灌县，一大批进步青年学生纷纷走向社会，他们以各种各样的方式宣传抗日爱国思想，组织抗日救亡运动，如张仁、岳安、羊村、钟纪民、马仁海、石农裕、鲜玉龙、许伽、张湮等等，陈道谟自然而然地和大家一起投身在这场轰轰烈烈的抗日救亡运动中。

一介书生，虽不能扛枪杀敌，但是能口诛笔伐。1940年春的一天，在成都仁厚街49号，陈道谟邀同乡许伽（许季华）、安旗（安安）、赁常彬（赁昊天）、敖学祺（巴英）、谢宇衡（陈汀）、胡文熹、陈敬等七位青年聚会。面对国难当头的形势，大家义愤填膺，纷纷表示要成立一个文学社，创办一份宣传抗战的刊物，用手中的笔为抗日救国出一份力、尽一份责。陈道谟提出刊物取名“挥戈”。挥戈，即挥动手中的戈矛，杀向日本侵略者。其意取自中国的神话传说“鲁阳挥戈退日”。大家一致称好。

鉴湖女侠秋瑾有诗云：“祖国山河频入梦，中原名士孰挥戈。”秋瑾女侠也许没有想到，几十年后，在全民抗战的高潮中，有一群热血青年在成都“挥戈”。

是日，挥戈文艺社和《挥戈文艺》在成都仁厚街49号正式成立。大家推选陈道谟为挥戈文艺社社长兼《挥戈文艺》主编，推选许伽为挥戈文艺社副社长兼《挥戈文艺》副主编，推选陈道谟、许伽、安旗、赁常彬、敖学祺、谢宇衡、胡文熹、陈敬为《挥戈文艺》编委。

没有经费，大家就自筹。首期开办经费就是道谟先生动员他父亲出资5石大米，折合50块大洋，启动《挥戈文艺》的运作，然后主要成员节衣缩食，捐资办刊。没有地方，道谟先生就将在成都仁厚街49号的家作为《探戈文艺》的临时编辑部办公。人手不够，主要成员都充当义工，组稿、写稿、编稿、校稿、排版、设计、跑印刷、跑发行。道谟先生更是身体力行，事事跑在前面，为《挥戈文艺》的创刊不辞辛苦，费心尽力。在“挥戈”同人的共同努力下，1940 年 7 月 7 日，即七七事变爆发三周年之际，《挥戈文艺》正式创刊。

《挥戈文艺》创刊号上刊载了挥戈文艺社成员宣传抗日救亡、团结御侮的小说、诗歌、散文、时评等文章。首印 800 册，主要在成都进步青年中发行，同时发往上海、重庆、香港、昆明等大城市和川内部分地区。

《挥戈文艺》创刊号首发，犹如一柄闪光的长戈，投入到全民抗战的枪阵之中，立刻在社会上引起了强烈反响，不仅吸引了广大读者，而且一批知名文化人纷纷向《挥戈文艺》投稿，如车辐、李华飞等，支持和声援《挥戈文艺》。这些文化名人后来都成了陈道谟先生的莫逆之交，保持了几十年的友谊，在以后道谟先生办《玉垒》诗刊和《老年文学》时又都再次出手援助，此是后话了。

同年 8 月，《挥戈文艺》出刊第 2 期，印行 1000 册，内容更加丰富，抗战呐喊之声更加洪亮。《挥戈文艺》虽然只是文艺刊物，但从创刊之日起就将宣传抗日救亡，宣传民族团结，宣传爱国主义，提振抗战胜利信心作为主旋律，具有强烈的战斗性和鼓舞性，是名副其实的抗战刊物。长诗《我们迎向胜利的第三年》就鲜明地体现了这种战斗精神：我们歌唱 / 我们迎向胜利的第三年 / 胜利来了 / 胜利来了 / 紧紧的，紧紧的 / 跟在团结、进步的后面来了 / 我们歌唱吧 / 歌唱民族战士 / 真正热爱和平的人 / 是为和平而战死。

就在《挥戈文艺》影响扩大，声誉日盛之际，当局对这个诞生于民间的进步刊物进行了封杀，道谟先生和《挥戈文艺》的同人虽然竭尽全力抗争，但还是回天无术。《挥戈文艺》仅办了约两年时间就被迫停刊。《挥戈文艺》存世时间虽然短暂，但那洪亮有力的抗战呐喊声和挥戈退日的勇气在当时人们的心中都留下了不可磨灭的印象。

挥戈的主要成员通过创办《挥戈文艺》，不仅喊出了自己的抗战心声，同时也得到了很好的锻炼，他们中的许多人由此而走上了革命文艺之路。

陈道谟后参加中国民主同盟，继续从事爱国和进步文艺工作，并用芜鸣、晴空等笔名继续进行文艺创作；新中国成立后回到灌县从事教育工作，离休后积极创立玉垒诗社，创办《玉垒》诗刊和《老年文学》，培养和扶持文学青年，著有《眷春集》《诚实的歌唱》《露珠集》《吹不灭的灯火》《留下星星点点》等，成就斐然，成为都江堰文坛的一面旗帜。

许伽（徐季华）后入金陵女子大学读书，并先后参与《华西》《拓荒文艺》等进步文艺刊物工作；新中国成立后受“胡风事件”牵连，被下放到四川凉山州工作，退休后回老家都江堰定居，一生积极从事文学创作，著有诗集《常春藤》、散文集《母亲河》等作品。

安旗（安安）是“挥戈”中年龄最小、成绩最大的一位。《挥戈文艺》停刊之后入四川大学学习，1946 年到延安从事革命文艺工作，新中国成立初期曾任陕西省委宣传部文艺处处长，1959 年调四川省文联从事专业写作，后任西北大学中文系教授，致力于唐诗研究，成为著名的唐诗研究专家。有论文集《论抒人民之情》《论叙事诗》《论新诗民族化群众化问题》《李白纵横谈》《李白传》等作品。

《挥戈文艺》从创刊到现在已经过去 75 年了，本来道谟先生珍藏了从创刊到终刊的所有《挥戈文艺》，惜乎在“文革”中被付之一炬，荡然无存了。庆幸的是，得一友人相助，在旧书摊淘得一份《挥戈文艺》，便视若珍宝珍藏，平时不轻易拿出来示人。1983 年，我有幸在道谟先生的家中见到这份《挥戈文艺》，刊物纸张已经发黄，但“挥戈”二字有棱有角，刚劲有力，力透纸背，轻轻翻开，仿佛字里行间仍跳动着“挥戈精神”。

《青锋》报主编张湮

一张《青锋》报的影印件摆在我的案头，石印，16 开小报，虽然年代久远了，报上的字迹有的已经模糊了，但是“青锋”二字仍然那么刚劲有力，仍然闪烁着青春的活力。

《青锋》报是抗战时期灌县办的一份小报，主编是灌县人张湮。

张湮，职业报人，诗人、杂文家。原名张瑞珉，曾用笔名西水、叶贝等，先后在《西南工人日报》和西南工人出版社任编辑、川北工作组组长。1957 年，因为为流沙河的《草木篇》仗义执言而身陷囹圄，与流沙河、杨本泉、石天河一同被污为四川的“四股黑水”。1979 年复出后任《四川日报》副刊编辑，并参与筹建《文摘周报》。著有诗集《山林女神》《飘向天国的红叶》《青城知更夜夜啼》，杂文集《白乌鸦》等。曾任都江堰玉垒诗歌学会副会长、《老年文学》执行主编。

张湮主编《青锋》时，正是中国抗日战争最艰苦的年代。

在当时，作为全国抗战的大后方，四川不仅有几百万将士出川，走上抗日前线浴血奋战，还向全国提供了三分之一的壮丁，三分之一的钱粮。而留在后方的川人也以各种不同的方式在支持和支援全国的抗战。在灌县就有一批热血青年，如羊村、马仁海、鲜裕龙、陈道谟、许伽等，他们虽不曾拿起枪杆子走上抗日前线，但他们用手中的笔不停地为抗战鼓与呼。陈道谟、许伽在成都联络安旗、赁常彬等办起了抗战文艺刊物《挥戈文艺》；羊村、马仁海、鲜裕龙等则在灌县柳街创办宣传抗战和进步思想的刊物《文艺堡垒》。

在全民抗战爱国思想的影响下，正在艺专读书的张湮也坐不住了。1941 年他回到灌县，在堂兄张瑞渝的鼓动下和几个热血青年在灌县南门城门洞办起了宣传抗战的大型墙报，一时间成了轰动县城的大新闻。张湮回忆说：我简直成了主笔，从设计刊头到编排缮写，文章占了一半，在南门城门洞张贴了一大版。又是抗日杀敌的故事，又是歌颂都江堰的百行长诗；又是版画，又是水墨，内容丰富多彩，是县里空前壮观的精彩大壁报。

张湮的写作、绘画才能得到了乡人的首肯，17 岁那年（1941 年）他被聘到县民众教育馆（相当于现在的文化馆）当了一名干事，从事群众文化宣传教育工作。当时的民众教育馆就在现在的离堆公园内，馆长叫周郁林，总务主任叫徐懋德，两位领导都比较开明，这样便给了张湮比较大的发挥空间。

在民众教育馆，张湮遇到了一位对他办《青锋》报影响很大的年轻人小徐。张湮回忆说："我去后不久又来了个有点独特的人物，圆圆的脸，配上深度近视眼镜。"这个二十几岁的青年原来是共产党人，县里的党组织被破坏后流亡在外，前两年在刘文辉主政的西康省政府里躲着混了一段时间，终未找到组织关系又回到家乡。他介绍的共产党情况比许多传说可信得多。我们很快成了朋友，除了文学，我们谈得最多的是共产党，关于延安情况，党的纪律、作风、批评与自我批评、无产阶级专政与统一战线等等。也谈丁玲的《三八节有感》和王实味的《野百合花》事件受到的批评。我得出的印象是：中共的纪律严明，比较民主。这种进步思想后来直接影响了张湮主编的《青锋》报。

在全民抗战的大背景下，灌县民众教育馆创办了《青锋》报，张湮任主编。“青锋”即青年先锋的简称，意思是青年要做抗日的先锋、民众的先锋。当时的印刷条件十分有限，开始是油印，后来是石印，就是在石板上制版，一张一张地印，最后才改为铅印。编写人员也有限，张湮既是主编，又是主笔，整张报纸几乎都是他一个人采、写、编、校。十七岁是风华正茂的岁月，在如火如荼的抗战高潮中，他发挥了自己多才多艺的本事，将一份石印小报办得有声有色。

张湮在他的回忆文章中这样写道：这是县里出现的第一份公开的报纸，几乎全是我一人的文章，我写有关宣传抗战的散文、报告文学，记家乡风物、小故事。开始，《青锋》是石印，我自写自编，直至发行。从第三期后，这份四开的半月刊小报变为铅印的十六开刊物了。

张湮主编《青锋》报有一年多时间，具体办了多少期已记不得了，后他离开民众教育馆，《青锋》就停刊了。现都江堰市档案馆还存有《青锋》报的珍贵资料。

从张湮的回忆中我们知道，这是灌县第一份公开发行的抗战报纸。《青锋》报问世，立刻在社会上引起关注，它宣传抗日，宣传爱国思想，刊发地方新闻，鼓舞和激励了灌县民众的抗日热情和斗志。在那个特殊的年月，《青锋》报留下了不可磨灭的历史功绩。

灌县名师王几何

一

秋天的一个周末，和几个好友约起喝茶，及时君忽然在电话里惊呼呐喊地对我说："你舅舅上中学语文教科书了。"见面时他递给我一本人民教育出版社2013年新版七年级（上）语文课本，原来是他写的散文《王几何》被选进人教版的初中语文课本了。

此次人教社根据教育部教材改革计划，对一部分中学语文课本中的文章进行了调整，其中就新增加了儿童文学作家马及时的散文《王几何》。能和鲁迅、冰心、朱自清、贾平凹等大家的作品一起跻身中学课本，对及时君来说自然是天大的喜事。自此，每年初一新生跨进学校，他们就会读到那篇风趣幽默，引人入胜的新课文《王几何》。

王几何何许人也？教课的老师在问，读书的学生也在问，我的脑海里也在不停地翻滚着舅舅的音容笑貌。我要把他写出来，告诉老师和同学们，王几何是一个非常普通的中学老师，也是一个非常优秀的人类灵魂工程师。

二

舅舅王玉林，1917 年出生于灌县中兴乡上元场，今都江堰市中兴镇上元村。自幼聪慧好学，发蒙时读过私塾，受过严格的毛笔字训练，写得一手好字，特别是他的核桃字，铁划银钩，极有功力。更让外婆惊讶的是，别的孩子还在掰着手指头算加减法的时候，舅舅已经表现出了他对数学的敏感和应用天赋。一次外婆带着他上街买菜，在肉摊前，外婆讲好了价钱，刀儿匠手起刀落，往秤上一挂，这边才报出重量，舅舅就算出了肉钱，连一向精于口算的外婆也啧啧称奇。

到县城读小学，师从灌县学界泰斗余定夫先生，深得余老先生赏识。旧时春节，学生要给师长拜年，为师便要请学生吃饭。余老先生自然端坐主席，左右两边便是他的高足。每次舅舅必定是左右之一位。这令许多同学羡慕和忌妒。舅舅对我说过，其实他还是想和同学一起坐在下面，坐在余老先生旁边不自在，举筷子都要用眼角余光瞄一下余老先生的眼色，生怕有逾矩的地方。有一次习字，舅舅刚扭头和旁边的同学耳语两句，就听得余老先生不苟言笑的声音："王玉林！"骇得舅舅冷汗直冒。下来却又给他开点小灶，传授点类似现在"奥数"之类的知识。在余定夫先生近乎苛严的栽培下，舅舅以优异的成绩结束了在县城的学业。

三

舅舅想到成都去读中学，他想考成都树德中学，就是现在的九中，结果一考就中。这可把外婆急坏了。须知成都树德中学是抗日名将孙震将军（字德超，国民革命军陆军上将，二十二集团军总司令）创办的私立中学，担心到那里去读书要花好多钱哦。外婆家有薄田十来亩，生活还算小康，舅舅如果要到成都去读树德中学，家中还有一个小妹（我母亲）也拼着命地要读书，外婆怕把家产拖垮，说啥也舍不得出钱。

舅舅急得要哭，这时候舅舅的毛根朋友马仁海站出来了，说："到我这儿拿几石米去，先把名报了再说。"舅舅这才得以顺利进入成都树德中学读书。

树德中学为了鼓励贫寒子弟中的优秀学子读书，设有较高的奖学金，舅舅第一学期结束即以第一名的优异成绩获得甲等奖学金，此后期期都是位列前三名，拿全额奖学金，直至高中毕业。

外婆这下可高兴了，乡下出了一个树德高才生，有点"光宗耀祖"的味道，她高兴的不是要送舅舅去读大学，而是回家来撑起这个家。外祖父去世早，家中无男丁，她要舅舅回来努力，早日迈向地主大户人家。

舅舅执意还是要去读大学，还鼓励小妹去考女中。外婆急得要哭，差点没号啕，两个娃娃都要读书，这分明是要外婆破产嘛。

这时有几件事让事情发生了变化。一是地下共产党正积极在进步青年中发展组织，资助舅舅读书的毛根朋友马仁海就是地下党的成员，当然不会放过对舅舅做工作；二是国民政府也很看重这个才从树德中学毕业的青年才俊，腾挪了几把"椅子"虚位以待；更有袍哥组织的舵把子也相中了这个青年，三番五次派人游说。正在左也不是右也不是之际，绵阳树德小学校董会寄来聘书，聘王玉林为绵阳树德小学校长。一个刚从树德中学毕业的学生就被树德小学聘为校长，这在树德中学和小学的历史上是绝无仅有的。舅舅趁机领命赴任，寻机再说读书的话。

四

在绵阳树德小学任上，作为一个领导、作为一个管理者，舅舅不是优秀者，倒是教书让他感到无限的乐趣。另外，上大学才是他内心挥之不去的向往。所以一年之后，他毅然辞去了报酬颇丰的校长职位，报考了四川大学教育系（四川大学教育系后分设为现在的四川师范大学）。他之所以选择教育系，是因为教育系属师范类，不收学费，还补贴伙食。在四川大学教育系数学专业，舅舅的专业成绩也一直是名列前茅。他的专业课老师，一位对几何学颇有造诣的学者，一步一步将他引导到欧几里得神秘而又有趣的王国之中。舅舅曾经对我说过，光是勾股定理，他就研习了几十种证法。惊叹之余，他又笑着告诉我，几十年来全世界已有四百多种证法，这才是几何呢。

舅舅在四川大学读书期间，正是社会新旧交替的关键时期。各派政治力量此消彼长，对青年学生，特别是他们中的精英，都在不遗余力地进行拉拢和吸收。舅舅本无意于政治活动，但你越想离它远点，它越是要来找你，越是不让你置身其外。在不胜其烦之时，有好友给他出了个主意，不如选择一个中间组织加入，这样就不会再有人来找你了。政治上的单纯，使舅舅踏出这莫名其妙的一步，为日后的工作和生活蒙上了阴影。

五

大学毕业后，舅舅顺理成章地拿起了教鞭，成了灌县中学的一名中学老师。没用多长时间，他的几何教学便有了名气。不久，成都解放，在新旧政权交替的时候，他被过渡政府任命为县政府教育科长。这莫名其妙的一顶乌纱帽，给他日后的工作和生活添了不少的麻烦，虽然“文革”结束后落实政策，在甄别这段历史时，政府专门发文对他们这段时间的工作给予了肯定，但光阴已经过去，日子不再复返。舅舅在回忆这段历史时没有一点懊悔的意思，他说，塞翁失马，焉知非福，看似坏事，说不定还是好事。第一，没有这点政治上的压力，说不定1958年他就会举起右手，被打入另册；第二，有这点政治上的压力，他就没有了其他非分之想，专专心心地当教书匠，才成就了他“王几何”的名声。

诚如舅舅所言，在他专专心心教学的几年中，“王几何”的名声被叫得越来越响。这时候，他被温江地区教育局的领导相中，调他到温江中学担任数学教研组长。当时温江地区和成都市尚未合并，温江中学是温江地区首屈一指的重点中学，集十几个县的教学精英，一心要和成都四、七、九中一较高下。后来因为舅妈病重，为照顾家庭，舅舅再次回到灌县中学任教。但舅舅在温江中学留下的“王几何”名声，几十年后仍令学生们赞叹不已，以至这些学生在他退休后仍经常到成都来看望他，让他晚年感到十分欣慰。

六

舅舅教学有几个特点。一是幽默诙谐，他能把呆板的数字和图形说得生动活泼。如他讲圆和切线，他就举例，直线好比是人走直路，不能有一点歪斜，圆就是原地转圈，迈不出步子，直线和圆挨在一起，就是……同学们倒是记住了，这边可就惹出祸事了。一个脚上有点残疾的同事提出了抗议，因为同学们联想丰富，“圆和切线的步子”一下子就成了那个人的代名词。第二个特点就是舅舅的板书特别好，上课时他一边讲一边写一边画，看似不经意，一节课下来，满满一黑板书写工整的讲课提要就呈现在同学们面前，让人啧啧称赞。但凡听过舅舅讲课的学生，即便是几十年后回忆起他讲的几何课，都还觉得嚼之有味。

前面提到的舅舅的毛根朋友马仁海，他的二公子马及时，就是《王几何》一文的作者，他写的那篇散文《王几何》入选了中学教科书，现摘录一段，似可展示舅舅当年上几何课时的风采：

几何老师会是怎样一个人呢？

铃声一响，全班42双黑眼睛一齐望向教室门。须臾，一个头方耳大、矮胖结实的中年人夹着一本厚书和一个大圆规、一个大三角板挤进门，眨眼工夫就站到了讲台上。

……

矮胖老师依然不说一句话，但却渐渐收起了笑容，用黑板刷轻轻敲击着讲台上的课桌，待全班同学安静下来，他突然面向课堂，反手在背后的黑板上徒手画了一个篮球大的圆，紧接着，又反手画了一个等边三角形。

那生动地站在黑板上的圆和等边三角形又标准，又好看，于是全班同学都呆呆地想：用圆规和三角板画，恐怕也不过如此吧？

矮胖老师站在讲台上，双目含笑，右嘴角微微斜翘，胖脸上一副得意扬扬的表情。待全班42双黑眼睛惊讶得每一双都放大半公分后，他突然转过身去，面向黑板，挥手写下了排球大的三个字：王玉林。

“这就是我的大名！”他说，声音出奇的洪亮。

全班男女同学被他那金属般的声音镇住了，大气也不敢出，一个个睁大双眼，屏息静听。

“上几届的同学。承蒙他们的特别关爱，私下里给本老师取了个绰号。”矮胖老师缓缓转过身去，挥手在黑板上优雅地又写了三个大字：王几何。

真是太幽默了，全班男生、女生哄堂大笑。

——马及时《王几何》

七

“文革”中，因历史问题和反动学术权威双料“货色”，舅舅不可避免地被赶进了“牛棚”，一同被赶进“牛棚”的还有“魏代数”“钟三角”等灌县中学几个著名的人物。十余年的精华岁月被蹉跎了。

恢复高考的时候，舅舅突然在一夜之间又成了香馍馍。

那些曾经受教于“王几何”的学生们，现在又到了他们的孩子考大学的时候了，他们又想起了那个把“勾股定理”讲得出神入化的“王几何”，他们纷纷打听“王几何”的下落，要把孩子交给他。当时舅舅还未完全“解放”，只好在家中悄悄地办起了补习班。第一次高考，竟然就有几个在他手下补习的学生考上了大学，其中就有舅舅的大儿子。真是“酒好不怕巷子深”，一时间舅舅家门庭若市，“王几何”的名字再次被叫响。

舅舅被恢复教职后自然也辉煌了几年，然而岁月不饶人，还没等到他过足教瘾，就到了退休年龄，退休了。

退休后，因为“王几何”的名气，自然有好多民办学校或补习学校来请他。但因舅妈家在成都，年纪大了，相互需要照顾，又教了几年几何课后，就到成都和舅妈一起安度晚年了。

2008 年“5·12”汶川地震中，舅舅不幸被垮塌的墙壁砸伤，腿骨骨折，被送往省医院接受治疗。在医院，但凡有亲友和学生来看望他，他总要关切地询问他的学生们情况怎么样了。他教了一辈子的书，最放不下的就是他的学生。

最让他感到欣慰的是，时任全国政协主席的贾庆林在四川视察灾情，指导抗震救灾时，听说有个绰号叫“王几何”的老教师在地震中负伤了，住在省人民医院，就专门赶到舅舅所在的病房探望和慰问，让舅舅感动得热泪盈眶。这感人的镜头被随行的《人民日报》记者拍下，成为舅舅生前的最后一张照片。

舅舅2009年在成都去世，享年93岁。他没有留下传世的丰功伟绩，只留下三个字：王几何 。

灌县拳师全矮子

楔子

在老灌县，说起“全大成”这个名字，知道的没几个人，但是提到“全矮子”三个字，半个灌县城都晓得。全矮子嗦，打拳的嘛，晓得。有上了点年纪的人还会伸出大拇指说，全矮子嘛，拳打得好哦，拳师。或者说，全矮子嘛，摆娃娃书店的，认得到哦。由此大家可以知道，全矮子一生有两件事为人熟知并称道，一是打拳练武，二是摆娃娃书店。

全师、拳师、全大成、全矮子，都是一个人，这当中最为老灌县人熟知的就是“全矮子”三个字。说“全矮子”这个绰号，丝毫没有贬损他人的意思，反倒是因为个子矮小而凸显其拳技高超，更让人对他刮目相看。

我和全矮子的大儿子全旭忠是同事，以前偶尔碰到一起要摆几句龙门阵，除了说些厂里的事，也要说点家长里短，零零星星就知道了一些他父亲的事。退休后又专门去南街采访了全旭忠，从全旭忠日渐淡忘的记忆中打捞出一些历史陈迹，缀连成这篇文章，以期给大家留下一点“全矮子”的印象。

楠木林拜师学艺

全矮子大名全大成，1922 年出生在四川崇宁县（崇宁县解放后并入郫县，现为郫都区唐昌镇），自幼家贫，其父全树三于 20 世纪 20 年代末为谋生计举家从崇宁迁至灌县大观街居住，靠卖水果等小生意为生，那时全大成才几岁。

全大成自幼体弱，个子矮小，人却十分机灵。小娃娃在一起，个子矮小了自然免不了要受些欺侮，因此他打小希望通过打拳练武来增强体质，锻炼拳头。事有凑巧，那年灌县来了一个习武卖艺的河北沧州人，在东门一带摆摊设点，舞拳弄腿，十分了得，把灌县一帮子小娃娃看神了。因全旭忠不记得这位沧州拳师的姓名了，暂且称他为沧州拳师。

河北沧州，乃中国武术之乡，自古民风强悍，习武之风盛行，起于明，兴于清，明清两朝，武进士、武举多达近两千人，连皇帝的武术师父也遴选自沧州，可见沧州武术雄冠神州。从沧州出来习武卖艺之人，自然是个个了得。用老灌县的俗话说，没得二两花生米就不敢在东门摆摊摊。

沧州拳师每天天刚见亮就到公园楠木林练武，全大成和一帮少年就天天到公园楠木林去看。

中国武林门派众多，数不胜数，但从地域上看，有南拳北腿之分，意思是南方的武术以拳上功夫见长，而北方的武术以腿上功夫见长。沧州拳师的武功自然是以腿上功夫见长。每当沧州拳师练腿功时，那楠木树的树干总是被踢得“砰砰”地响，看得全大成等几个少年目瞪口呆，视为神腿。

一日沧州拳师练武结束，全大成跪地便拜，要拜沧州拳师为师，练习武艺。当时同去的还有好多人，其中就有后来成为同门师兄的灌县跌打损伤骨科名医何树山等。据说当时沧州拳师并不看好身材矮小的全大成，只是经不住全大成一而再再而三的恳求，才收下这个徒弟。

全大成知道自己练武在身体上不占优势，于是便在平时练习上多下功夫，别人击一百下沙袋，他就击两百下，别人踢一百次腿，他就踢两百次；树干上练踢腿，竟然把树皮踢得开裂，直练得拳硬如铁，腿力千斤。加之全大成人很机敏、灵活，几年之后，竟然在众师兄弟中冒尖出头，深得师父青睐。

拳头硬了，腿力强了，全大成和大多数小年轻一样有时免不了要在人前卖弄一下，师父知道了，严厉训斥他说："习武之人要讲武德，练武是为强身健体，防身自卫，切不可以武欺人，伤及无辜。"从此全大成谨记师训，一辈子低调行事。

后来沧州拳师在离开灌县时，还把自制的专治跌打损伤的祖传药酒配方送给了全大成。成都解放后，成为灌县跌打损伤骨科名医的师兄何树山，有时遇到难治的骨科病人，不时还要到全大成那里讨要药酒，请他帮忙。

俗话说，师父领进门，修行在各人。沧州拳师离开灌县后，好多师兄师弟日渐松懈了练习，而全大成则更加勤奋地练功，几年工夫就小有名气了。坊间对全矮子的功夫津津乐道的是他的"铁砂指"，别人练铁砂掌，他练铁砂指，就是在家中用桶装上铁砂，五指并拢，直插铁砂。初时插入一寸，手指便钻心疼痛，以后逐渐深入，直到可以插入桶底，几十年的工夫，指头上的老茧练到有铜钱厚。为了练指上功力，他又练"虎爪功"，十指半张开，每根指头成弓状触地，全身力量压在上面，状如饿虎扑食；同时还每天练"通臂功"，就是双手握住青杠棒，运动全身力量和气功，练到高峰时，只听得双臂关节"嘎嘎"作响，旁人无不为之惊叹。

全大成每天到公园楠木林中练拳，拳打脚踢手劈，某日一掌劈向楠木树，五指一抓，硬是活生生将一块楠木树皮抓下来，惊得围观的小青年们目瞪口呆。一传十，十传百，传得神乎其神。一时间全矮子成了灌县青少年武术爱好者的偶像。

青羊宫打金章一战成名

打金章是旧时成都地区武林打擂比赛的称谓，最早发起可上追到清朝末期，盛行于民国，尤其为武林人士称道并看重的当数成都青羊宫的打金章。成都青羊宫的打金章规模大、影响大，但凡武林中人，莫不以能在打金章中夺得名次为荣。

打金章起初的比赛是设擂主若干，擂主皆为当时的武林高手，每组主擂三日，各路豪杰尽相竞技，十天左右即见比赛结果。后改为淘汰制，以拈纸疙瘩配对搏击，第一轮决出比赛资格；第二轮还是以拈纸疙瘩配对搏击，争夺“蓝章”（类似现在的优胜纪念章）；第三轮取获胜人数的一半，再争夺“银章（银质奖章）；最后取前十名决赛争夺“金章”（金质奖章）。决赛胜出的前三名赢得金章，金章按一二三名的名次分大中小三个档次。随着打金章的发展，后来又增加了若干项目，如女子组打擂、少年组打擂等。

青羊宫打金章鼎盛时一季赛事要打几个月。

打金章在旧时成都地区之所以受到武林人士和群众欢迎，可能是因为它残酷的竞争性和强烈的刺激性。打金章规定，凡参赛者均要签下契约，打死勿论。其次是无等级配对厮杀，你是一百斤的体重，有可能拈到的对手体重有二三百斤，形成不对称的比赛。用现代竞技比赛的规则来看，显然是非常不合理。但唯其如此，更凸显出打金章的残酷与激烈。

尽管如此，武林中人仍然蜂拥而至地参与打金章。

话说全大成长到十七八岁时，个子仍然是矮矬矬的，有人就给他取了个绰号“全矮子”，全大成也不生气，矮是矮，不得踩。全大成腿一抬，脚头轻松过顶，足足又高了几公分。

那年灌县有个叫张斌的武术高手到成都青羊宫参加打金章，力克群雄，夺得金章，这极大地刺激了全大成，他也要去青羊宫打金章。张斌年长全矮子十余岁，张斌成名时全矮子才十几岁，属后学一辈。有人听说全矮子也要去打金章，不无几分幽默地说：“全矮子，你要去打金章，要是运气不好，拈到个莽大汉，一砣子把你娃冲到辽国去。”“啥子哦，打金章比的是武艺，又不是比块头。”全大成对自己的武功还是信心满满的。

其时全大成除了苦练沧州师父传授的北派功夫和“铁砂指”、“虎爪功”外，又在川中寻师访友，博采众家之长，吸取适合自己矮子身材的武术招数，特别是猴拳，被他练得出神入化。师兄们又根据他的身体条件和武功特长，为他制定了以静制动、以防为攻、借力打力的战术，其要点是避开正面强攻，在防守中寻找对方漏洞进行打击。

打金章虽然说订有“打死勿论”的规矩，但武林自有武德约束，裁判胜负的规则一是倒桩（被打倒在地），二是见红（出血），三是按点数（被对手击打次数），一般都是点到为止，并不是要把人往死里整。所以成都打金章近百年，虽然伤残不计其数，但还没有在擂台上把人打死的。

全大成踏上青羊宫打金章的擂台，正是他那矮小身材被对手轻视，为人所不防，加之他武功高强，战术运用得当，一路过关斩将，出人意料地杀入了决赛。不过在决赛中还真被那个“乌鸦嘴”说中，拈纸疙瘩竟然拈到一个体重二百多斤重的莽杵杵的山东大汉。全矮子往山东大汉面前一站，犹如大山面前的一个小土堆，连山东大汉都忍不住笑了，两个铜锤样的拳头碰了碰，意思是一个回合就可以定胜负了。

比赛开始，山东大汉抡起拳头就是一个黑虎掏心，被全大成轻松闪过；接着山东大汉挥起双拳就是一个双风灌耳，又被全大成躲过。山东大汉见状，连甩两个扫堂腿，全大成跳跃腾挪，一一化解。众人见全大成一味躲闪，猜想这矮子定然不是山东大汉的对手，输定了。正在大家都以为这矮子必输之时，全大成一个猴子攀岩，凌空一脚，倒先赢得一个点数。山东大汉也不是等闲之辈，挨了一脚之后拳脚并用，一连串眼花缭乱的招数把全大成逼到擂台一角，大吼一声，全身发力，以泰山压顶之势向全大成扑来，欲毕其功于一役。就在大家都以为全大成必败无疑时，只见全大成一个鲤鱼跃龙门，腾空而起，右脚顺势往大汉后背一勾，以四两拨千斤，将山东大汉丢翻在擂台上。

台下掌声如潮。

灌县全矮子青羊宫打金章，从此声名鹊起。

摆娃娃书店，过平淡日子

旧时习武之人参加打金章，就是想挣个名声，好混碗饭吃，一般的出路或是到军队中去当武术教官，或是到学校去当“国术”老师，或是去给富商大贾当镖师，或设馆授徒，挣点学费。

那年全矮子结婚了，娶妻赵氏，名慧芳。赵慧芳人如其名，为人十分贤惠。俗话说，家有贤妻，男儿不遭横事。赵慧芳虽然支持全大成习武，却不希望他靠拳打脚踢的武功吃饭，两口子在灌县城里摆了一个娃娃书店，靠租赁娃娃书赚钱养家。“娃娃书”是旧时灌县人对连环画的俗称，又叫小人书。说起娃娃书店，现在五六十岁的或六七十岁的人大多有过光顾娃娃书店的经历，这种盛行于 20 世纪五六十年代的连环画，曾经带给那时的少年们难忘的阅读兴趣和快乐。

全大成的娃娃书店开在幸福路老邮局对门，一间铺面，铺面的前面挂着由连环画封面粘连成的书目，两面墙上贴满了连环画的封面，都在边角上编上号码。你只要看中了你选好的连环画，报上号码，全矮子就会准确地从身后的几个书架上取出你要的书，动作十分麻利。有时直接报上书名，他也会准确地找到书的位置，让人十分惊叹他的记忆。

全大成的娃娃书店藏书品种多，举凡小娃娃喜欢的《三国演义》《西游记》《水浒传》《红楼梦》《岳飞传》《隋唐演义》等等，应有尽有；并且他的书店中新书进得快，常常是灌县新华书店的新书还没有摆上柜台，他的新书封面已经挂在铺面最显眼的地方了；加之很多小朋友都慕全矮子武功之名，用现在的话说就是他的粉丝，因此都喜欢到他的书店去看书。小娃娃嘛，都喜欢打打杀杀。听全旭忠讲，他父亲隔三岔五就要到成都去进货，新书总是比别的书店快一步。那时候我就最喜欢到他的娃娃书店去看书了。

娃娃书店的座位是用铺板搭成，一排一排，那么多娃娃挤在一起，为了省那一分或五厘钱，搭着肩膀看“笆片”（沾光的意思）算是文明的了，有时趁全矮子不注意时来个“狸猫换太子”，交换着看，白看一本连环画对那阵的小娃娃来说，简直是幸福到家了。既是白看，心中总是有点发虚，时不时要瞟全矮子一眼，尤其是听到他干咳一声，心中免不了一紧，其实那是全矮子在警示大家：不要偷换书哈。那么多年，还真没见过他对偷换书看的小娃娃怎么样了，他只是做做样子而已。

有意思的是，全矮子的娃娃书店中还备有一种拇指大小的硬卡片，上面盖有章，若是你看中的书太薄了，交一分钱给他，他还会给你一本书和一张这样的卡片，价值五厘，下次还可以凭卡片再看一本薄书。想想，这也算是一种公平，童叟无欺。

书多、品种全、服务好，全矮子的娃娃书店从幸福路老邮局对门摆到楼外楼，又从楼外楼摆到南街，吸引了灌县好多的小朋友。直到1966年“文化大革命”开始，全大成的娃娃书店在“破四旧”中被迫关门了。前些年我和全旭忠摆龙门阵，曾问及他家中那几千册连环画的命运，全旭忠长叹一口气：“全部日塌了！”

平静生活中的不平静

全矮子终生爱武习武，却并不以武招摇，只想过一种平静的平淡生活。但为名声所累，时不时还是要在他平静的生活中掀起一些小小的波澜。

老灌县的人都知道全矮子的拳打得好，号称拳师，却极少看到他与人比试，知道的人晓得他为人低调，不知道的人以为他是浪得虚名。老灌县自古以来习武之人众多，门派林立，有名气的拳师不少，加之青城山为天下名山，到此地来练功习武的不乏高人隐士。有道是“文人相轻”，其实武林中又何尝不是。

有人就对全矮子的武功持怀疑态度。

全矮子白天经营书店，早晚坚持练武，熟悉他的人都知道，每天天不见亮，全矮子就要带上徒弟到公园楠木林中去练武，天亮就收刀捡卦。一天一位姓龚的武林中人找到全矮子，高矮要和全矮子切磋一下武艺。来人叫龚海清，也是老灌县的一个武术爱好者，学的是南派武术，且在南派武学上颇有心得。龚海清说是切磋，其实是觉得全矮子的“北腿”和“猴拳”名声在外，有点不服气。龚海清是南派武术，以拳上功夫见长，想以“拳”压“腿”，拿下全矮子。全大成谨遵师训，牢记贤妻慧芳叮嘱，不在武术上与人争豪夺气，因此便一再推辞。越是推辞，龚海清越是要比试。

全大成终是拗不过龚海清的切磋请求，答应和其切磋一盘。

在公园楠木林中，两人在不事声张中进行了一场南北武术的对抗搏击。几个回合下来，全大成的飞腿连连击中龚海清，让龚海清真正见识了全矮子的功夫。比试下来，龚佩服之极，连声赞叹："全师功夫如此了得，见识了。佩服，佩服！"全矮子双手抱拳说："龚兄功夫也十分了得，全某领教了！"当下两人便结为朋友，龚海清还将儿子龚仁义带到全大成家中，拜全矮子为师，一时传为老灌县武林佳话。

一日全大成的徒弟和另一拳师的徒弟争论南北武术的高低优劣，就拿全、龚比试说事，双方都不服气，最后争到非要全矮子和对方比个高低。全大成一生为人低调，行事谨慎，他知道对方也是有名的拳师，武林比试，重在交流，但因为面子问题，弄不好就会伤了和气。后转念一想，大家都是武林中人，想必不会太计较输赢，就答应和对方比武。还是在公园楠木林中，全大成以沧州师父传授的"手是两扇门，全用腿打人"的功夫，战胜了对手。武术切磋，本来是武林中极平常的事，全矮子胜另一拳师一事还是被好事者添枝加叶渲染，越吹越神，越传越玄，给全矮子的武功镀上了一层神乎其神的色彩。

全旭忠在采访中说，虽然他父亲去世了，此事也过去了几十年，但因为当事人还在，就不在此点出拳师的名字了。

全矮子的武功在坊间被越传越神了，下面就是坊间传说的一个小故事。

还是在"文革"刚开始那两年，全矮子的娃娃书店作为"封资修"的东西被取缔了，但一家人总得要生活呀，全矮子就在华光寺旁边临沟的一块空地上摆了一个气枪打靶的摊子来维持生计。他的打靶摊子笔者也曾光顾过，一分钱两火（"火"，灌县话，一火就是打一枪），五分钱十火，若是十火皆中靶，再欢迎（即免费）两火。

那阵社会比较混乱，提劲打靶的人到处都有，操社会要吃得开，比的就是看哪个的砣子硬。这天摊子上来了两个重庆崽儿，身穿海魂衫，嘴上含着烟，提劲得很，一来端起枪就打。全矮子不歇气地给两支枪装子弹。那会儿的气枪子弹还是钉子的，钉子后面栓一撮线团，打一枪要折一下枪身，压进空气，再装进子弹，再扳直枪身，如此不停地干了半个多小时。末了结账，那两个人想要赖，说，啷个那么多钱哦？全矮子说，一盒子弹都打完了，你说多不多。那两个重庆崽儿见全矮子矮小，以为好欺负，一掌就给全矮子推过去：格老子想吃我们的诈钱嗦！全矮子随手一挡，两个家伙立刻就围上来说，咋子，想打嗦！重庆崽儿提劲不像成都人，成都人吼得凶，只会说你娃有胆子就等到，转身就不见人了。重庆崽儿话到手到，挥起拳头就打。全矮子没等他的拳头落下，一只手顺势抓住他的手臂，另一只手伸出两指往那家伙颈锁骨上一点，那家伙立刻痛得哇哇大叫，不停地告饶，蹲在地上半天起不来。

围观的群众巴巴掌拍得“啪啪”地响。

在老灌县，“全矮子”三个字几乎就成了他武功的代名词，知道全矮子这个外号的人越来越多了，知道全大成这个名字的人越来越少了。

电影《少林寺》，带给全矮子最后的精彩

20 世纪 80 年代，电影《少林寺》横空出世，震惊了中国的电影界，更震惊了中国的武术界，在中国大地上刮起了一股少林武术之风。“少林，少林，有多少英雄豪杰都来把你敬仰……”一曲荡气回肠的《少林寺》主题歌把潜藏在国人心中的武术情结

彻底释放了出来，全国掀起了空前的少林武术热。灌县作为一个有练武习武传统的地方，群众的练武热情空前高涨。一批在武术上颇有造诣的拳师立刻受到大家的追捧。全矮子，这个师承北派武术基础，兼容南派武术套路的拳师，由于他的武术动作、招式和电影《少林寺》中的武术动作、招式有几分相似，更成了大家争相学习的师范。好多人都想拜全矮子为师，就连全矮子的徒弟都成了抢手的香馍馍。

其时全矮子已经年过花甲，面对汹涌而来的拜师高潮，全矮子不想，也无精力去接纳这么多徒弟。时任灌县体委负责人的谢书记亲自找到全矮子说：“全师，现在群众练武热情如此之高，一个一个收徒授艺是不现实的，咱们体委出面组织，来个集体拜师学习如何？”全大成一听，欣然答应。于是，就在灌县工人文化宫的体育场上，几百个习武者集体拜全矮子为师，跟着全矮子一招一式地练起武来。据当年协助全矮子组织队伍并教练武术的龚海清的儿子龚仁义讲，那年头在文化宫教练武术，其声势浩大，场面壮观，是全师习武生涯中最辉煌、最精彩的时候。

那个时候的全矮子站在台上，一点也不觉得自己矮。

1992 年元月，全大成走完了他的人生旅程，终年 70 岁。一代拳师就此别去。

贺瞎子讲评书

第一次听贺兆奎讲评书是在读小学的时候，学校请贺老师来给全校同学讲《烈火金刚》。贺老师一身青色中式便服，一把折扇斜插在后颈窝，一手端茶杯，一手抚醒木，下面是几百个学生娃娃叽叽喳喳的闹麻了。少顷，只听得啪的一声，醒木一敲，全场顿时鸦雀无声。贺老师不慌不忙地从后颈窝取出折扇，展开，摇几摇，清咳一声，便开始讲评书《烈火金刚》。当他讲到史更新炸碉堡、端炮楼、抱起机关枪“突突突”扫射鬼子，全场巴巴掌拍得震天响；当他讲到鬼子进村，什么“米西，米西”“八格牙鲁”，模仿得惟妙惟肖，逗得同学们捧腹大笑，贺老师也忍不住和大家一起哈哈大笑，笑得像个小孩。

后来老师才给我们讲，贺老师是灌县有名的评书艺人，人称贺瞎子，讲点三国、水浒，那才精彩哦。从此我便记住了贺兆奎这个名字。

不久，贺老师在太平场茶馆挂牌讲《英雄三保图》，因为讲得精彩，场场爆满。我也想去听，可是身上没钱，那阵的小学生，哪像现在的娃娃，摸两张十元二十元的不在话下。于是就和一个住在太平场口的要好的同学一起去听“票烧”——混。开场前不敢进去，待听到醒木敲响以后才躲在大人的背后悄悄梭进去。贺老师依然是端坐台上，手持折扇，声音洪亮，语调张弛有度，拿捏得当，快时如疾风骤雨，慢时如雨滴芭蕉，伴之以醒木的节奏，把场子气氛调度得热烘烘的。贺老师讲《英雄三保图》，常有插科打诨，把人逗得哈哈大笑，更不时来点黄段子，把那些老头听得笑兮了，口水顺到烟杆流。有一回贺老师讲三保新婚，要入洞房，新娘子抵到房门不让进，出了一副上联，非要三保对了下联才得入洞房。新娘出的上联是：红花不香，香花不红，牡丹花又红又香。三保是个三棒棒加两棒棒等于五（武）棒棒的人，咋个对得上嘛，在门外急得汗冒，情急之中放了一个响屁，就突然有了灵感，对了个下联：响屁不臭，臭屁不响，夹屎屁又臭又响。众茶客听了皆开怀大笑。正在精彩之处，突然间听到醒木啪的一声，茶椽子都差点震翻。闸板了，该收钱了，茶房早已端着茶盘站在你面前，叫你投币。我等自然早就闪到大人背后藏猫猫了。正在东躲西藏之时，猛听得贺兆奎大吼一声：看官，哪里去！吓到冷汗直冒，以为在说我等。回头一看，原来下回又开始了。

后来才知道商演和义演的区别。

“文化大革命”开始后就再也没有听到过贺老师讲评书了。

20 世纪 70 年代中期，我已经工作了，结识了一个师兄，偶然摆起贺兆奎讲的评书，师兄说贺兆奎是他的老辈子，便萌生了想认识贺老师的念头，师兄欣然应允牵线搭桥。于是便在一个深秋的下午到了贺老师的家中去探望。贺老师的家在老川剧团倒拐的一条巷子中。走进门内，只见一个面容憔悴、双目无光的老人呆坐在那里，师兄介绍了我，他竟然朝别处点头。师兄说：“早在讲书时就眼睛不好，人称贺瞎子，现在已经失明了。”望着贺老师，心中不禁浮现起当年讲述史更新炸碉堡端炮楼的金戈铁马场景，那是何等的慷慨激昂，才十多年工夫，就到了迟暮之年，垂垂老矣。

几十年过去了，贺老师也早已作古，但贺兆奎评书却成了我永远也抹不去的儿时的美好记忆。

篮球之子宋道星

中兴场初露锋芒

1924年农历正月十九，元宵节的热闹劲刚刚过去，在灌县（今都江堰市）中兴乡孟家高坎（今中兴镇新益村6组）的宋家又添喜庆，一个虎头虎脑的小男孩出生了。因为是头男长子，宋家上下高兴无比。红蛋酒（川西称满月酒为红蛋酒）自然是少不了的，在酒桌子上，在亲戚和乡邻的恭喜声中，宋父给这个小男孩取名宋道星。

1924年的川西农村，人们对什么是篮球还一无所知，更没有人想到，这个名叫宋道星的小男孩日后将和篮球结缘，成为四川篮坛的风云人物。

宋家有个亲戚在中兴乡上元场，姓王，王家有个男孩叫王玉林，年龄和宋道星差不多，按辈分是宋道星的表哥。上元场离宋家院子也就几里路光景，几岁时，宋表弟常到王表哥家去玩。那时乡下娃娃除了玩泥巴、打弹子、捉螃蟹、掏鸟窝，似乎没有更好的玩具了。而王表哥却有一个很好玩的玩具——皮毛蛋。啥叫皮毛蛋？现在的年轻人怕是很少有人知道的，就是用布或皮子缝制一个球状外皮，里面塞进毛线团或碎布团，用来拍打、投掷的一种土制皮球。两表兄弟一玩就上瘾了，门板上挂了一个没底的破竹筐，比试看谁投得准、投得多。

这对表兄弟谁也不知道，1891 年，美国一个叫詹姆斯·奈史密斯的体育教师，就是从当地儿童用球投桃筐的游戏中得到了启发，发明了篮球这项风靡世界的体育运动项目，宋道星更没有想到他的是以后将终生以此为职业。

篮球在 1896 年第一次由基督教青年会传入中国，还仅仅是少数在华外国人的游戏，且尚无系统的比赛规则和标准。1908 年，美国制定了全国统一的篮球规则；1932 年 6 月 18 日，在瑞士日内瓦成立了国际业余篮球联合会（FIBA）；同年，国际篮联以美国大学使用的篮球规则为基础，制定了第一个世界统一的篮球竞赛规则。至此，篮球运动作为一项国际体育运动才在全世界普及。我国篮球运动是在民国时期才逐渐开展起来。

宋道星上小学以后才真正玩上篮球，但此时的宋道星已经显露出篮球运动的天赋，无论是上体育课还是课间休息，那个篮球就像是黏在他身上一般，没有几个同学抢得过他、跑得过他。当时，篮球从西方传入中国时间还不长，但普及很快，一般中心小学、中学都开设了体育课，有田径、体操、球类等运动。但有标准篮球场的学校很少，许多乡村小学就是在操场上栽两根木桩，钉上一块木板，挂上一个篮筐，让学生像玩游戏一样玩篮球。正规的篮球比赛很少。

那年灌县举办学生运动会，分河东河西两个赛区进行选拔赛，最后以获胜学校为主组成河东河西两个联队进行比赛。中兴小学的男子篮球以第一名的成绩胜出，获得组队的资格。宋道星当仁不让地担任了河西联队的队长，这是他平生第一次担任的一个球队的队长，虽然不过只是一个学生队，却对他以后的篮球职业生涯产生了不小的影响。灌县县治在河东，灌县最好的学校在河东，如建于 1903 年的灌县北街小学，以当时灌县河东学校的实力，那是远远超过河西的。河东联队以城里学生居多，自然有点瞧不起河西这支乡下球队，据说组织比赛的县教育科有人早早地就在冠军的奖状上填写了河东联队的名字。然而比赛结果却让他们大跌眼镜，河西联队出人意料地一举击败河东联队，拿下冠军。而比赛场上那个如入无人之境的宋道星第一次震动了灌县。

宋道星就是在这样的条件下开始了他的篮球生涯。

老表队横空出世

宋家除了上元场这个王姓亲戚外，在中兴还有几家亲戚，宋道星除了王玉林这个表哥外，还有几个年龄相近的老表。灌县河西称表哥表弟大都喜欢叫老表，如张仲辉、宋祯祥、宋道全等，都是宋道星的老表。受宋道星的影响，几个老表都喜欢上了篮球。王玉林年长，也是他用“皮毛蛋”把宋道星“勾引”上了篮球之路。起初是王玉林带着几老表一起打球耍，几年之后，王玉林自叹弗如地对宋道星说：“老表，打不过你了，还是你来带大家耍。”当时这几个乡下娃娃只不过把打篮球当作一种玩耍，因此在打球的时候，常常是嘻哈打笑，有时甚至你扯我的衣服、我扯你的裤子，那种打坝坝球的野路子就是在那些年养成的。周末或是假期，几老表总是要凑在一起到附近学校去打球。虽然打的是坝坝球，但宋道星的投篮、运球、过人等球技很快就将几老表甩出一大截。偶尔几老表也会和一些学校的篮球爱好者约起打点比赛，但没有哪个队能胜得了他们，每次比赛，那些队常常是以大比分输得很惨。说起宋道星，他们是又怕又佩服，说：“中兴场那个老表队，凶得很哦。”特别是打败河东联队后，人们就传开了，中兴老表队有宋道星在，咋个都打不赢。

老表队中，王玉林年长，但个子矮，专打后卫，绰号“王矮子”。由于和宋道星从小一起玩到大，彼此熟悉得不能再熟悉了，往往一个眼神、一个动作，彼此都能心领神会，配合十分默契。王玉林后来从成都树德中学毕业后在绵阳树德小学任教，后考入四川大学数学系学习。在川大，王玉林也是一个篮球场上的活跃分子。王玉林后来在灌县中学教几何，成绩突出，又挣了个“王几何”的绰号，此是后话。

张仲辉个子高大，身强力壮，体力好，绰号“张牛儿”，场上奔跑积极，常打中锋和前锋位置。张仲辉后在四川水利学校（现四川水利职业技术学院）担任体育老师至退休。

宋祯祥个人技术全面，身体灵活，各个位置都可以打。宋祯祥在成都体专曾师从著名体育运动武术专家郑怀贤教授，郑教授1936年曾参加过第11届柏林奥运会国术表演，受到蒋介石夫妇的接见和赞赏。宋祯祥后到乐山师范学校（现乐山师范学院）任教至退休。

宋道星自然是这个老表队的灵魂，打得最多的是组织后卫和得分后卫。宋道星个子不高，只有1.72米，这是以从事职业篮球运动的角度而言，抛开篮球说，宋道星在当时的灌县绝对是一个高个儿帅哥。宋道星个人技术全面，攻防兼备，特别是在运球、传球、过人等方面有着超强的能力。宋道星在球队中打组织，他经常对球队的人讲，你们只管按既定的战术和位置奔跑，我会在恰当的时间和恰当的地点传球给你们。球场上，宋道星的球就会像长了眼睛一样恰到好处地飞到你的面前，让队员们感到有如神助。

宋道星读灌县中学期间，先后又有黎跃英、申之理等好友加入这支球队，老表队几乎打遍灌县无敌手，一时曲高和寡，无人敢挑战。

成都体专小老虎

宋道星一生酷爱篮球，视篮球为自己的生命，凭着天分，个人技术已经达到一个相当的高度，但毕竟没有接受过系统的训练，要想突破自身的局限，非常困难。他渴望深造，以期突破瓶颈，能有一个更大的提高。1942 年，国立成都体育专科学校（即今天的成都体育大学）建立，宋道星得到消息，第二年即约上老表球队的几个老表前往报考，结果他和张仲辉很顺利地考入了成都体专，开始系统的理论学习和篮球技能训练。受其影响，稍后老表队的宋祯祥也考入了成都体专，灌县中兴场的老表队几老表同上成都体专，一时在灌县传为佳话。

宋道星进入成都体专后简直是如鱼得水，他对篮球的领悟远远超过他的同学，训练也格外刻苦，常常在晚上都还在训练馆里练球。别人以为他很累很苦，而他感到的是兴奋和快乐。

成都体专除了在校内组织训练比赛外，还经常把学生拉到外面去比赛。抗战时期，四川除了本地的高校外，还有从北方迁移来的大批高校，这些内迁高校的学生篮球队水平都比较高，特别是像北京、上海、南京这些较早引进正规篮球训练的学校，篮球水平普遍比内地的学校高。有的学校还聘有外籍体育老师和军训教官，学生的体能也普遍高于四川学生。要说篮球比赛，当时的中央军校（前身是黄埔军校）校队在成都是称霸一时。中央军校在成都北校场，校门宽大气派，门口双岗双哨，从里面出来的学生也很傲气，天子门生嘛，所以根本不把其他学校的篮球队放在眼里。

听说要和才建校不久的成都体专的学生比赛，有中央军校学生嗤鼻一笑说，又要来一次砍瓜切菜的痛快了。

让中央军校学生和观众没想到的是，一支在成都名不见经传的成都体专篮球队，在宋道星的带领下，如砍瓜切菜般地完胜了中央军校篮球队，令在现场观看球赛的中央军校教育长万耀煌将军脸上也挂不住了，悻悻然离场而去。

宋道星在球场上虎虎生威的形象给成都观众留下了深刻的印象，成都的新闻媒体更是不吝篇幅大赞宋道星。《新新新闻》名记樊凤林，灌县柳街人，笔名“小铁锥”，在成都新闻界久负盛名，更是不惜笔墨惊呼：“成都体专的小老虎宋道星来了！”末了还不忘补充一句，宋道星是灌县人哦！成都体专小老虎宋道星自此名声大噪。

宋道星在成都一战成名。消息传到灌县，家乡的球迷们更是加油添醋地描绘宋道星他们打败中央军校球队的情景，吹到玄乎处，差点就把宋道星变成了神话人物。

抗战期间，灌县陆续来了一些美国大兵，老百姓称其为“米斯特”先生，蓝眼睛，高鼻梁，一个个牛高马大，在灌县这个西部小城特别显眼。他们主要是美军的空勤人员和蒲阳空幼校的外籍教官，他们大都住在离堆公园和蒲阳空幼。美国人喜爱体育运动，时不时要举办各种比赛，其中包括篮球。自从美国人詹姆斯·奈史密斯发明了篮球运动后，篮球在美国得到迅速的普及和提高，成为美国人最喜爱的运动项目。美国的篮球运动水平之高，世界各国都难望其项背。直到今天，美国除了有数十支顶级水平的 NBA 球队称霸世界外，任何一支大学校队都可以笑傲江湖。

美国大兵在灌县除了内部比赛外，也和灌县的一些学校、单位的球队打比赛，但毫无悬念的都是美国人赢。

这年暑假，宋道星回老家中兴，和王玉林、张仲辉、宋祯祥等几个打坝坝球，围观的人中有人激将宋道星，听说你在成都号称啥子小老虎，有本事去打“米斯特” 嘛！宋道星、王玉林、张仲辉几个正是血气方刚的年纪，真还经不住激将。打就打嘛，谁怕谁嘛！

宋道星当即组织了一个联队，除了老表队的主要班底如前锋张仲辉、后卫王玉林等，当时还有灌县几个篮球打得不错的朋友闻讯也赶来加盟。据宋道星的长子宋伟回忆说："如果没有记错的话，大概还有中锋黎跃英，小前锋申之理等人。"

美国"米斯特"有钱，出场是整齐划一的标准球服。联队没有统一球服，宋、张二人穿的是成都体专的球服，王玉林穿的是在川大打球时的"留省联光"球服，五花八门，但他们统一用白布写上"灌县联队"字样，并编上号码，缝在球服上。出场时，灌县观众并没有因为灌县联队的球服寒碜而吝惜鼓掌，反而报以雷鸣般的掌声。球迷们高呼："14 号，加油！宋道星，加油！"14 号是宋道星，此后这个号码他用了好多年。

比赛在灌县离堆公园球场举行，那天来观看球赛的人爆满。美国大兵队身高都是一米八以上，中锋更高达一米九几，灌县联队和他们站在一起，简直不在一个等级上。比赛中，宋道星扬长避短，你个子高，我就尽量不在高空传球，而是贴地运球；联队个头小，我就发挥身体灵活的特点，快速闪动，让你大块头疲于奔命。刚开始，美国大兵队利用身高优势，压着灌县联队打，比分虽然交叉上升，但灌县联队一直未能扭转被动局面。下半场，宋道星突然发力，利用个人技术突出的优势，不断变化阵形进攻，频频得分，比分直追美国大兵队。后来美国大兵队发现了 14 号个人技术十分专业，球技了得，便调整了战术，只要 14 号拿到了球，立刻便有三个大兵前来围攻。宋道星自然不是等闲之辈，利用身体灵活和贴地运球的绝技，左冲右突，连过三人，三大步腾空上篮，博得观众一遍惊叫和欢呼声。

当收场的哨声吹响，等不及裁判宣布灌县联队获胜，全场便爆发出经久不息的欢呼声。“宋道星！宋道星！”欢呼声中，人们高喊着宋道星的名字。

美国大兵虽然输球了，但绅士风度还在，他们拍着宋道星的肩膀说：“宋，OK！”

在此后的相当长一段时间，灌县的老百姓在茶余饭后一说起篮球，就绕不开三个字：宋道星。

篮球结缘在资中

宋道星成都体专毕业时，正是他从事篮球运动的黄金年龄阶段，也是他篮球技艺日臻成熟之时，然而他却遇上“毕业即失业”的战争年代，那时解放战争正在快速推进，成都一片兵荒马乱、人心惶惶，哪里还有专业运动员这碗饭吃。正在他犹豫着是否回到老家去谋个饭碗时，四川资中县向他伸出了橄榄枝。资中县中学的校长是个篮球迷，用现在的话说是宋道星的铁杆粉丝，因慕宋道星“成都体专小老虎”之名，邀请宋道星到资中县中学任教。

宋道星欣然应邀前往，只提了一个条件：把我的难兄难弟带上。宋道星说的难兄难弟就是同在成都体专毕业的，绰号张牛儿的张仲辉和宋祯祥。张仲辉为人耿直，但有点牛脾气，所以被几个老表取了个绰号“张牛儿”。资中中学听说张仲辉和宋祯祥都是篮球场上的一把好手，还听说宋祯祥的中国武术也十分了得，也是欣然接受。于是，宋道星、张仲辉、宋祯祥三老表便兴冲冲地奔赴资中。

资中扯起大幅横标迎接宋道星：热烈欢迎成都体专小老虎莅临资中指导！宋道星第一次感受到当明星的滋味，虽然口中谦虚地说“相互学习，相互学习”，但心中还是美滋滋的。

资中如此厚待宋道星，宋道星自然是投桃报李，无论是教学还是组织校队比赛，都毫无保留地将自己的篮球知识和技能教给学生。

资中中学有个女学生姓段，名吉恒，对宋老师的球技是佩服得五体投地，只要有宋老师的比赛，无论有多远都要约上同学跑去扎场子，当啦啦队，是超级铁杆粉丝。平时有事没事也要找宋老师，东一个问题西一个问题地提问。宋老师又不是傻子，他从段同学忽闪忽闪的大眼睛中已经读出了微妙，宋老师也非常喜欢这个名字有点像男孩子的段同学，一来二去，爱情的火花越擦越猛，顺理成章，水到渠成，1948 年，宋道星和段吉恒结婚了。第二年，他们便有了爱情的结晶，一个和宋道星一样虎头虎脑的小子宋伟。

资中是宋道星的福地，这里是他走上社会后，在那个兵荒马乱的岁月中慷慨接纳了他的地方，又是他找到爱的归宿的地方。从此这个资中姑娘便终生陪伴在宋道星的身边，为他生下两个儿子，一个叫宋伟，一个叫宋建。

贺龙点名 14 号

1950 年，当时的西南军政委员会为了庆祝四川解放，在四川各地开展了各种庆祝活动，其中包括各种体育赛事活动。时任西南军政委员会副主任的贺龙贺老总特别喜欢篮球运动，便在重庆大田湾体育场举办了一场解放军队和四川队的比赛，这是四川解放后举行的第一场高水平比赛。那天贺龙、邓小平、杨白冰等军政首长亲临赛场观战，大田湾体育场更是人山人海、盛况空前。赛前，贺老总给军地领导指示，这是四川解放后解放军和地方体育界的首场比赛，要赛出友谊、赛出水平。这大概就是后来贺老总主政国家体委提出的“友谊第一，比赛第二”的发端。

贺老总一生热爱体育，挚爱篮球，即使是在戎马倥偬的战争年代，只要一有空隙，也少不了要组织部队进行篮球比赛。在他领导的120师部队中，有一只高水平的篮球队时常出现在球场上，被贺老总命名为“战斗队”。时间一长，贺老总麾下的这支篮球“战斗队”在全军所向披靡，无队能敌。这支从基层部队抽调来的半专业篮球队队员，平时都要在各个部队参加战斗，有任务时就抽调上来集中训练。这次参加和四川队比赛的球队就是从参加解放四川的部队中挑选出来的篮球骁将。而此时参加比赛的“四川队”并不是正式建制的四川队，因为四川才解放不久，各方面工作尚未理顺，四川篮球队也尚未建立。为了组织这场比赛，临时从四川各地抽调了一批优秀篮球队员，他们都是四川篮球界的精兵强将，虽然只是临时组建的四川队，其实力不容小觑。而当时球技名声正如日中天的宋道星自然以其无可争议的实力入选，并担任主力。

比赛一开始，解放军队明显地占了上风。解放军队队员人高马大，技术娴熟，十来分钟时间，就拉开了四川队10分之多。那阵还没有喊出“四川队，雄起”的口号，但“四川队，加油！”“解放军，加油！”的口号声此起彼伏，响彻了整个大田湾体育场。

上半场，四川队失利。

下半场四川队调整战术，全场以宋道星为主展开进攻。

面对强手，宋道星毫无惧色，利用他身材灵巧的特点和高超的球技，在队友的掩护下左冲右突，带球突防进攻，比分渐渐拉近。无奈临时组建的四川队队员之间毕竟还欠缺磨合，缺少像王玉林那样的后卫的默契配合，使得宋道星不得不常常从后场带球长途奔袭投篮，虽然频频得分，却也消耗了他大量的体力。当然，解放军战斗队毕竟是一支训练有素的球队，很快便熟悉了四川队的打法，迅速调整了战术，只要是宋道星拿到了球，立刻便有几个队员前来围追堵截，解放军队员的勇猛和凶悍让宋道星十分恼火，几次冲到篮下上篮都被对方盖帽。

下半场快结束时，宋道星再次控球，运球至中场，解放军队立刻上来三个队员拦截，宋道星先是一个假动作甩开第一个队员，第二个队员是个大高个，长腿叉开大八字，两臂张开上下舞动，那阵仗是告诉对手，休想过去。宋道星左右一晃，将球从大八字胯下拍过去，一个闪身切到背后继续运球，第三个防守队员还没有反应过来，宋道星一个三百八十度大转身腾空而起将球抛向篮筐。宋道星连过三人直接将篮球投入篮筐，一连串眼花缭乱的动作立刻博得全场雷鸣般的掌声。

坐在主席台上的贺老总和其他党政领导也情不自禁地站起来为四川队鼓掌加油。

在观众的助威声中，宋道星越发地兴奋，球越打越活，有如神助，不时还耍两个小动作，把灌县乡坝头的野路子也派上用场了，偶尔扯一下对手的球裤，趁对手分神闪身而过，或者在跃起投球时趁对手不备，左手伸出俩指头在对方肩头上一按，右手扣篮。观众只看到精彩，没看到犯规。

这一切当然逃不过贺老总的眼睛。赛后贺老总接见参赛运动员时，特地点了 14 号宋道星的名。贺老总对四川带队的领导说，14 号这小个子个人技术好，球打得精彩，就是有点个人英雄主义，还有点游击习气，爱耍小动作，好好锤打一下，是块好料。

后四川组建四川篮球队，宋道星首批入选，并担任队长。

认真地讲，宋道星还是有点生不逢时，虽然他赶上了职业篮球的末班车，并且带领四川队在西南大区运动会上夺得了男子篮球冠军，但他的年龄毕竟已经超过了篮球运动员的黄金年龄段。到 1959 年第一届全运会召开时，宋道星因为超龄未能作为四川队队员上场参加全运会比赛而抱憾终生。在这届全运会上，四川男篮力克众多强队夺得冠军，这是四川男子队在四川男篮历史上的顶峰。不可否认的是，这支年轻的四川男篮队曾留下了宋道星的汗水、心血，他传授的篮球技艺在年轻一代球员的身上已经开花结果。蒋克礼、汪平毅等一代四川男篮名将，现在提到宋道星都很尊敬地称他“宋老师”“宋指导”。

宋道星离开四川队后先到四川公安保卫队当队长兼指导（主教练），后又到公安总队（现四川武警部队前身）战士队当指导。“宋指导”这个名头被篮球界同人一直叫到他去世。

不惑之年再从军

毋庸讳言的是，三年困难时期，各行各业都陷入了困难状态，说句直白点的话，肚皮都装不饱，哪还有劲打球。篮球运动自然也不例外，个人纵有天大的本事也是难有作为的。

1964 年，国民经济开始好转，体育运动也开始复苏。这一年宋道星率公安总队战士队和成都军区体工队进行了一场友谊赛。从实力上讲，成都军区体工队肯定要强于公安总队战士队，但是出人意料的是，公安总队战士队居然赢了，原因是宋指导亲自披挂上阵了。

虽然宋道星作为指导（主教练）兼队员是可以上场的，但平时他一般不上场，他是想把更多的锻炼机会留给年轻的队员，何况他已经是 40 出头的人了。但球还未打到一半，宋指导见战士队的队员们并没有很好地贯彻自己赛前布置的战术，技战术发挥得不好，忍不住穿上他的 14 号球衣上场了。成都军区体工队的队员都知道宋指导，见他亲自上阵了，多少有点发怵。体工队派了两个一米九的高大队员拦截他，两个队员采用盯人战术，宋道星往哪儿跑就在哪儿拦截。两个大高个双臂一张，上下挥舞，你过得去吗？宋道星当然明白体工队的意图，于是使出了他的撒手锏“寸球”。

“寸球”，这是宋道星给自己超低高度运球起的名字，就是运球时，球在掌心和地面的上下弹跳距离只有寸许，几乎就是贴着地面在弹跳运动，其上下弹击频率之高，无人能及。远远望去，就像贴着地面在走。宋道星常常向队员和他的粉丝表演他的“寸球”，教他们超低空间高频率运球技术。“文革”中，当他被打为反动学术权威受到批判时，“寸球”也成了他的一条罪状。

宋道星个子小，俯下身子贴着地面运球，只苦了那两个大高个队员，身子躬得像虾米，死死地盯着宋道星，张开手臂还要左右移动，显得十分笨拙。宋道星的球贴着地面左右快速移动，突然，宋道星放下球一个起身向右大跨一步，对方队员以为他要过人了，条件反射地跟上，其实球还在原地，还没等对方反应过来，宋道星捡起地上的球快速三大步已将篮球送入篮中。

场上掌声一片。那天看球赛的除了有公安和军区的战士们外，还有公安和军区的首长。时任成都军区政治部副主任的杨白冰看到球场上的宋道星，一下便想起了刚进四川时看的那场球赛和那个在球场上爱耍小动作的队员。几天之后，成都军区政治部来人到公安总队（四川武警部队前身），要求调宋道星到成都军区，省公安厅不放人。四川公安总队当时属公安和部队双重领导，成都军区当时的司令员是黄新廷，他一听就火了，当即派杨白冰亲自到公安厅要人，说是有重要政治任务。杨白冰副主任都出马了，公安厅岂敢不放人。

宋道星自己也没有想到，自己不惑之年还要穿一次军装。1964年，宋道星特招入伍，担任成都军区体工队指导，授上尉军衔。

外交篮球不好打

宋道星在成都军区体工队任上有一场硬仗是和柬埔寨国家队的比赛，就是杨白冰主任说的政治任务，用宋道星的话说是一场最难打的比赛。为什么难打？因为这场比赛是一场外交篮球赛，上面指示，这场球一定要赢，但只能赢二分。据说这是当时周总理亲自指示的。

宋道星打了半辈子篮球，像这样打球，还是第一次遇到，但作为政治任务，再难打也要打。这时候他才真正体会到“军人的天职就是服从命令”这句话的含义和分量。

新中国成立以后，国际上对中国是军事上打压、经济上封锁、外交上孤立，在相当长的一段时间，中国面对的国际形势非常险恶，坦率地讲，在当时的国际上除了社会主义国家，中国是没有几个好朋友的。而东南亚小国柬埔寨是顶住了西方国家的巨大压力，在外交上一直支持中国。当时的柬埔寨国家元首诺罗敦·西哈努克亲王和中国国家领导人保持着非常好的关系，特别是和周恩来总理一直保持着非常亲密的友谊。

1965 年，诺罗敦·西哈努克亲王访问中国，到重庆、成都等地参观访问，党和政府非常重视这次访问，安排了许多活动，其中就包括这场中柬篮球友谊赛。比赛要赢，当然是体现中国是个大国，如果输了，特别是输给像柬埔寨这样的一个小国，中国颜面何在？赢，但又不能赢得太多，要照顾诺罗敦.西哈努克亲王的面子。二分，这是一个外交分数，落在宋指导的头上，压得他几天没睡好觉。

思想政治工作，战前动员，战术安排，宋道星整天都在为这场外交篮球费尽心机、绞尽脑汁。赢球赛，凭成都军区体工队的实力，宋道星一点都不担心，担心的是队员们在比赛中如果打得一时兴起，控制不住了，怎么办呢。二分！二分！哪能那么准确呢？那段时间宋道星是“伍子胥过韶关——一夜愁白了头”。

比赛的结果还真是天遂人愿，只赢柬埔寨国家队二分。成都军区体工队自然是得到了上级的表彰和奖励。

事后宋道星说，外交篮球不好打啊！这是我打过的最难打的一场球。

不久，“文化大革命”开始，宋道星不可避免地受到冲击，不久便被送到崇庆县（现崇州市）王场的一所步兵学校劳动改造。遭此一劫，宋道星的篮球职业生涯就此结束。

“亚光”星光闪耀

1969 年，通过落实政策，宋道星重回成都军区，随后转业到成都国营亚光机器厂。

告别职业篮球，宋道星虽然不舍，但天下没有不散的宴席，何况是搞体育的。

在崇庆县王场步兵学校那几年是宋道星最郁闷的时期，作为一个以篮球为职业的军人，既没有军人的战场，也没有打篮球的球场，政治上还要承受着“黑线人物”的重压。落实政策回到成都后，恰逢两个儿子上山下乡，一个在四川、一个云南，家里只剩下他和老妻相依为命。

熬过寒冬便是春。

亚光机器厂在成都还是一家很有名气的军工企业。厂里爱好篮球的年轻人很多，当大家得知大名鼎鼎的军区体工队宋指导转业到亚光厂后，都十分兴奋。厂工会顺应广大职工的呼声，重建了亚光厂职工男女篮球队，郑重其事地聘任宋道星为主教练。不过队员们还是亲切地称他为宋指导。

在亚光，宋道星面对热情友好的年轻人渴望的目光和厂领导的重托，本来已安心退隐的他决定重出江湖。视篮球为生命的宋指导怎么能经得起篮球的诱惑呢。宋道星当时面对的亚光队是一支名不见经传的职工球队，他使出浑身解数指导亚光球队，经过几年努力，硬是将亚光队打造成成都市职工篮球的冠军队。上了点年纪的成都人都知道，当年在成都的东郊云集了中国西部众多的军工大企业，万人大企业就有好几家，如132厂、420厂等，许多赫赫有名的球队中不乏从职业球队中退役的名将。

亚光队星光闪耀，让自“文革”起便沉寂多年的宋指导再次声名远播。

1979年，四川省体委和四川省总工会决定在全省举办十二城市职工篮球比赛。就篮球比赛水平而言，这实际上就是全省职工篮球的最高水平赛事。宋道星受成都市体委和成都市总工会的委托，担任了成都工人男子代表队的主教练，率队参加比赛。当时重庆市尚属四川省辖，其职工篮球队水平在全国城市中也是排名靠前，更有德阳、自贡、绵阳等实力强大的城市。宋指导不负众望，率成都工人队一举夺得“四川省十二城市职工篮球比赛”男子篮球队冠军。这是宋道星自离开职业篮球后再次星光闪耀。

1984年，宋道星退休，在成都磨床厂家属区一套普通的住宅中颐养天年，读书、看报、喝茶、下棋。当然，有老战友或都江堰的老朋友来，特别是像王玉林、张仲辉等当年老表队的老表来，摆起篮球龙门阵，一个个是眉飞色舞，从早上摆到下午、从下午摆到晚上。老伴段吉恒喊吃饭，喊了一遍又一遍，到了饭桌子上，还是那个话题——篮球。

2014年3月23日，宋道星在成都去世，终年90岁。

后　记

我是都江堰市人，生于斯长于斯，我爱这片土地，我爱这座城市。

两千多年前，蜀郡守李冰率众修建了伟大的都江堰水利工程，“凿离碓，辟沫水之害，穿二江成都之中”，将昔日屡遭水旱灾害肆虐的川西平原变成了天府之国的粮仓。两千多年后的今天，都江堰以“全世界迄今为止，年代最久、唯一留存、仍在一直使用、以无坝引水为特征的宏大水利工程”光耀于世，都江堰市也成为中国第一个摘得世界文化遗产、世界自然遗产、世界水利工程遗产三项桂冠的“三遗之城”的城市。

两千多年前，一个名叫张道陵的人在青城山结茅传道，创立了“五斗米道”（正一道），从此青城山便成了中国道教的发祥地。从东汉张道陵在青城山正式创立正一道至今，青城道教在中国已经有两千多年的历史了。中国道教在自身传承发展的过程中，不断汲取中华传统文化的精髓，成为中华传统文化的主要思想基础之一；青城山也成为中国道教的祖庭，受到后世的景仰和膜拜。

我祖籍在都江堰市青城山镇芒城村，我脚下的这块土地就是四千多年前西蜀先祖留下的芒城遗址。20 世纪末，考古专家多次对芒城遗址进行考古发掘，出土了大量石器和数以万计的陶器残片，经碳十四测定，距今已有4300—4500年历史。这一发现将都江堰地区的文明史往前推进到了新石器时代晚期，这是一个十分了不起的发现，是可以和三星堆、金沙遗址、宝墩文化相媲美的古蜀文明遗址，被国务院公布为全国重点文物保护单位。

生我养我的这片土地上有如此厚重的历史文化，让我感到非常骄傲和自豪。能为家乡的文化建设出一点微薄之力，是我的心愿。

因为喜爱文学和历史文化，退休后便以文字自娱，不时到历史的岁月中去拣拾点残砖断瓦琢磨成文。李贵平先生是《华西都市报》《宽窄巷》栏目的编辑老师，我以前并不认识他，虽然早在2014年经他编辑在《华西都市报》上发表了文章，但直到2018年夏天我才在青城山和李贵平先生见了一面。承蒙李老师厚爱，这几年陆续在《华西都市报》上发表了一些文章，特别是2017年，《华西都市报》开设了一个《地名龙门阵》专栏，我又在上面发了十来篇有关都江堰历史文化方面的文章，更是激起了我写都江堰和青城山历史文化的兴趣。其间，又在《中国地名》《文存月刊》等杂志发表了部分有关都江堰青城山历史的文章，几年下来，不觉已积累七八十篇，挑挑选选，编成此书。在此，首先要感谢李贵平、韩晓时等编辑老师。

感谢师弟王国平的大力相助，本书才得以顺利出版并公开发行。国平是我在原都江机械厂工作的同事，虽然他小我许多，但我们既是朋友，更像是兄弟，因此我喜欢按工厂里的习惯称其为师弟。在文学圈子里能和国平称师兄弟的人不多，我算一个，叫起来亲切。国平现在是大忙人，忙中能为我这本书写序，十分感谢！

本书的责任编辑李卫平老师，虽然是个年轻的编辑，我们也一直未曾谋面，但从她相中本书稿开始，就不遗余力地为本书的出版奔走策划，从我们的文字交往中，我已感觉到她是一个热情、认真、负责的好编辑。在此谢过。

出一本书，从写第一个字到最后付梓，其间不知要经历多少事情，没有家人的支持几乎是不可能的，我常常就因为一边码字一边煮饭，烧烂了几口锅。有抱怨是难免的，但更多的是理解和包容。感谢家人的包容和支持。

要感谢的人很多，恕难一一点名，在此向各位真诚地说一声：谢谢大家！

何 民

2019 年春于都江堰山茶园